テレビの国から

倉本聰

産經新聞出版

◎テレビの国から　目次

第一章

昭和から平成、令和をつなぐ物語

――「やすらぎの郷」「やすらぎの刻～道」

第二章

戦後日本を総括する物語

――「北の国から」

第三章

東京を離れて見えた物語

――「6羽のかもめ」「前略おふくろ様」「りんりんと」「幻の町」「うちのホンカン」「浮浪雲」

第四章

富良野がつないだ物語
――「昨日、悲別で」「ライスカレー」「風のガーデン」

第五章

若き日の物語

――「文五捕物絵図」「わが青春のとき」「君は海を見たか」「玩具の神様」「ガラス細工の家」

第六章 これからの人に贈る物語

装　丁　伏見さつき
DTP　佐藤敦子
協　力　菅谷和紀（日本映画放送株式会社）
塚田洋子（日本映画放送株式会社）
鈴木かおり
工藤尚廣

本文中、一部敬称を略しています

第一章

昭和から平成、令和をつなぐ物語

「やすらぎの郷」「やすらぎの刻～道」

マイルドラーク２３５箱

『やすらぎの刻～道』（２０１９年／テレビ朝日）を書き始めたのは、まだ平成の時代を１年以上残していた頃でした。『北の国から』シリーズ（１９８１年～２００２年／フジテレビ）は、戦後日本を総括するドラマとして書きましたが、この作品では昭和から平成という時代を総括しようと考えています。

脚本家という仕事を始めて半世紀以上が経ちますが、１年間の連続ドラマを仕上げるのは、実は今回が初めてです。かつて大河ドラマ『勝海舟』（１９７４年／ＮＨＫ）を書きましたが、ＮＨＫと喧嘩して途中で降りて北海道に逃げてしまったからです。

僕の中で、「１年ものは逃げる」というジンクスのようなものがありました。しかし無事、十月十日《とつきとうか》で書き終えました。途中、腰の手術をして３週間入院しましたが、自分でもよく書いたと思います。

その前の『やすらぎの郷』（２０１７年／テレビ朝日）も半年の放送で、仕上げるまでは本当に苦労しました。さらに長い１年ものはまったく違います。時には夜中に起きて書いて、朝飯を食べて２、３時間くらい寝て、また書いて、少し寝て……という感じで、生活サイクルがめちゃくちゃになりました。

昼夜関係ない生活で、体調管理をする余裕なんてありません。自分でも本当にアナーキーな仕事をしている感覚で、書き終えて数カ月経っても生活のリズムは戻りませんでした。

なぜこんな大変な仕事を引き受けたのかというと、テレビ朝日の早河洋会長の気合をすごく感じて、僕も気合で受けてしまったんですね。『やすらぎの郷』が終わってすぐに会長に呼ばれました。慰労かと思ったのですが、「再来年、１年ものを書いてくれ」と言う。その時にご馳走になったのが「叙々苑　游玄亭」の熟成肉でした。本当においしくて、味に気を取られている間に引き受けてしまったわけです。ハニートラップに遭ったみたいな話でした。

引き受けてから後悔しました。まず自分の体がもつだろうかと考えました。だからとにかく早く書き上げたかった。もし途中で倒れたりしたら、その後の展開が書けなくなってしまいます。途中から他人に任せられる話でもありません。全235話、10カ月で書き上げたのは僕にとって本当に奇跡でした。プロデューサーからは、ご褒美として、いつも吸っているマイルドラーク235箱をいただきました。

書いているとアドレナリンが湧いてきます。前作より面白いものが書けているという意識もありました。ただ、あまり先を考えるとクラクラしてきますから、そこは工夫しました。1話書くことに集中し、全力投球したのです。1話書き上げるたびに「できた！」「書き上がった！」と叫ぶのです。でも、誰も褒めてはくれません。60話まで終わった時に「ようやく60話書き上がったよ」とカミさんに言ったら、パチパチパチと拍手だけしてくれました。

『やすらぎの刻〜道』は『やすらぎの郷』と同じ高級老人ホームが舞台ですが、一つのドラマの中に二つのドラマが入っています。1年間の連ドラを続けるのに、話が一つだけでは持たないかもしれないと考えたからです。前作と同じ老人ホームの日常と、シナリオライターの菊村栄（石坂浩二）が書く架空の物語の二つが同時に進んでいくという構成にしました。

この老人ホーム「やすらぎの郷 La Strada」は、テレビや映画界に功績を残した人だけが入れる無料の高級老人ホームです。役者だけでなく、脚本家や技術スタッフも入居者です。ただ、彼らもどんどん年齢を重ねて、希望を失っていく。そこで菊村が、映像化されるかどうかはわからないけれども、彼らに希望を持たせてあげたくて、というより、自分自身を奮い立たせたくて、「道」という話を一生懸命に書くという流れになっています。

老人ホームの日常と菊村の「脳内ドラマ」というまったく違う二つの物語が同時進行していくストーリーが、はたして視聴者に受け入れられるだろうか。そこは書きながら不安になりました。僕自身、実際に書いていて何度か混乱したこともあります。だから時々、周りやテレビ局の人間に読んでもらって、二つのストーリーを確認しながら書き進めました。

その菊村が描く「道」は、昭和10年ぐらいから始まって、主人公の夫婦が90代になる現代まで続きます。戦時中から復興、東日本大震災も入れて、さらに令和の時代へとつながっていくのです。

テーマは「原風景」。僕が以前に書いた『屋根』という舞台作品がベースになっています。富良野の山里で暮らす一組の夫婦が主人公で、夫婦とその家族の歴史を、大正、昭和、平成と、屋根がずっと見続けてきたという物語。本当の幸せって何だろう、本当の豊かさって何だろうということを問いたかったのです。

実は、30年前の昭和天皇の大喪の礼の時、僕は『失われた時の流れを』（1990年／フジテレビ）というドラマを書いています。緒形拳さん演じる男が、天皇陛下の崩御と恩師の死をきっかけに戦時中の出来事を回想していくというストーリーでした。今回の「平成」から「令和」へという時代の変わり目も『やすらぎ』の人たちと微妙に絡んでいくのです。

「やすらぎ世代」の役者たち

そもそも続編を書くつもりがなかったので、前作の『やすらぎの郷』では登場人物をずいぶんと殺してしまいました。正直、これには参りました。九条摂子（八千草薫）を死なせてしまい、三井路子（五月みどり）を外に出して、及川しのぶ（有馬稲子）は認知症で施設に入れてしまったのです。野際陽子さんは残念なことに放送中にお亡くなりになりました。

だから、新しい入居者をたくさんつくる必要が出てきました。大空真弓さん、松原智恵子さん、いしだあゆみさん、水野久美さん、丘みつ子さん、ジェリー藤尾さん、笹野高史さん……。そして、二つの物語に登場する橋爪功さん。ほかにも、何人かオファーしましたが、1年間の連ドラという難しさから、断ってきた方も何人かいらっしゃいました。

みな一癖も二癖もある役者ばかりです。前回の『やすらぎの郷』でも、中には「あのメンバーの中にどうやって入っていけばいいのか」と役者が怯えてしまったり、派閥争いみたいなことが起きたりしたこともありました。

本読みの席順からポスターの並び、クレジットタイトルの順番、控室の決め方……。今回もやはりキャスティングの調整は一番苦労したようです。ただ、テレビ朝日のプロデューサーやディレクターはそういう揉め事をニコニコしながらうまく捌《さば》いています。僕なんかは出る幕なし。むしろ出ていくと揉め事を余計広げかねません。陰に潜んでおとなしくしていました。

それと、この『やすらぎ』の年代は、女優は多いのですが、男性の役者は本当に少ない。男性の方が平均寿命は短いので当然と言えば当然なのですが、役者の世界はその傾向がより強いような気がして、さみしさも感じています。

制作発表の記者会見でも話しましたが、「道」の物語のヒロインはもともと八千草さんを想定して書きました。ただ、その後ご本人から電話があって病気の件を聞きました。残念でしたが、老人ホームの話の中にだけ登場してもらい、回想シーンなどを少し加えて、全部で5シーンだけ撮らせていただきました。僕もその撮影には立ち会いました。能の世界で一生を終える最後の舞台のことを「入舞《いりまい》」と言うのですが、それを見ているような厳かな演技でした。

僕の場合、シナリオは大抵「アテ書き」なのです。アテ書きとは、役者をイメージしながらそのキャラクターを書いていく方法です。だから、よく知っている浅丘ルリ子さんや加賀まりこさんはすごく書きやすい。すぐにドラマになってしまいます。

しかし、「道」の物語に出ている清野菜名さんは『やすらぎの郷』が最初の出会いでしたし、風間俊介君は今回がまったくの初めてだったので、事前にだいぶ付き合わせてもらいました。2人とも珍しいくらい清潔感がある若者という印象を持ちました。

八千草さんで予定していた「道」の女房役は、菊村の奥さん役の風吹ジュンさんが代わりを務めます。つまり、主人公の夫婦は、若い時が風間君と清野さん、２人が年を取ると橋爪さんと風吹さんになるわけです。

僕が、「ヅメ」と呼んでいる橋爪さんは、40年ぐらい前に何本か一緒に仕事をしました。僕が岸田今日子さん主演で書いた『ガラス細工の家』（１９７３年／日本テレビ）にも出てもらいました。この頃、ヅメは今日子ちゃんと同じ「劇団雲」にいたんです。「雲」は文学座が分裂してできた劇団で、うちのカミさんも所属していました。その後、分裂して「演劇集団　円」につながるのですが、その「円」の代表をヅメがもう長いことやっています。

ヅメとの付き合いでは、軽井沢の朝飯のことが今も忘れられません。３～４人の仲間で歩いていて、腹が減ったから朝飯を食べようって話になったんです。「確かこの辺に遠藤周作さんの別荘がある」とヅメが言うので「親しいの？」って聞くと、「一度会ったことがある。行けばたぶん朝飯を食わせてくれる」と言うんです。それでみんなで行って、寝ていた遠藤周作さんを起こして朝飯を食わせてもらった。厚かましいというか何というか、世にもいい加減な男です。

今回、ヅメとは本当に久しぶりに会いました。「倉本さんから呼ばれないから嫌われていると思っていた」と何かのインタビューに書いてありましたけど、まったくそんなことはないです。昔、「ヤダよ、あんな臭い芝居しちゃ」と言ったことはありますが、言えてしまうぐらい親しかったんです。

スタッフも、「今度、橋爪さんが出てくれるんですよ」とすごくありがたがって僕に報告してくれました。僕はヅメがそんなにすごい人になっているとは思っていなかったんですが、確かにいい役者になったと思います。柔和になって、品が出た。いったいどこに品を隠していたんだろうと思います。

「昭和顔」を探すのは難しい

『やすらぎの刻～道』の若手キャストはオーディションで決めました。僕は今の若い役者をあまり知りませんし、最近のテレビ局の人間が言う「芝居がうまい」が信用できなくなっているのです。

「うまい」と言われる若手は、だいたい良くない。僕が望む芝居とは違う方向というか、小手先の〝うまい〟にこだわっている気がするんです。だから今回はオーディションにしました。知名度があってもなくてもいい。新人をどんどん使おうという方針にしました。

募集は15歳から35歳に限定したのですが、応募が5千人にも上ったのは驚きました。それだけ今は若い人が出ていく場がないということかもしれません。応募者にアマチュアはおらず、全員が芸能活動をしている人でした。

その中に清野菜名と風間俊介もいて、ＡＫＢ関係の子も来ました。５次くらいまで審査があって、僕も最終審査には参加しましたけど、面白い子もいました。最初は10人ぐらい採用するつもりでしたが、結局選んだのは30人くらい。まだ本を書いている途中だったので、役のほうを足せばいいと思ったんです。

数年前に『走る』という芝居をやった時も募集をして、富良野でワークショップを行いました。その時のメンバーからもずいぶんと応募がありました。真剣に芝居をやりたいという役者だけを選んだので最後まで楽しみです。

オーディションは、『北の国から』や『昨日、悲別で』（１９８４年／日本テレビ）

でも行いました。その時はまだ感じませんでしたが、『走る』や『やすらぎの刻〜道』ですごく思ったのは、〝昭和顔〟が見事にいないんです。日本人の骨格が変わってしまったんでしょうか。

僕は黒木華さんとか好きですが、ああいう日本的な顔の人がなかなかいない。脚の形も全然違う。スラーッと長くなっています。今はハイヒールを履いたり、ベッド生活をしたりしていますから、みんながモデルみたいに美しい脚になってしまった。あれでは農業はできないです。八千草薫さんや吉永小百合さんの世代はあんまり細くない。でも、僕はしっかりとした脚の方が好きだし、体の構造的にも重心が低い方が理にかなっていると思うんです。

最近はめっきり減りましたが、うちの近所の農家をやっている人で腰から直角に曲がっているお婆ちゃんがいます。山道をヒョコヒョコ登って山菜採りに行ったりするんですが、「その体勢で疲れない？」と聞いてみたら、「なーんも」。見事に直角なんですが、うまくバランスを取っているんです。「どうやって寝てるの？」と聞いたら、「横向きだぁ」と言っていました。うちのカミさんも姿勢はとても良かったんですが、最近ちょっと腰が曲がってきて、背も小さくなりました。お婆さんになるってそういうことです。

でも、今の若い子たちが年取って腰が曲がったら、あの長くて細い脚でバランスがとれるのかと余計な心配をしたくなります。

時代背景をきちんと描きたい

今、日本は空き家がすごく増えています。『やすらぎの刻～道』のシナリオハンティングで山梨県の清里に行きましたが、ものすごく閑散としていました。バブル時代は梅宮辰夫さんやビートたけしさんらのタレントショップで賑わっていましたが、今は何もなくて、びっくりします。廃墟というほど朽ちてはいないものの、使われてない空き店舗や空き家ばかりでした。

少し前に松山の刑務所を脱走した男がいましたが、空き家に潜んでいるかもしれないということで、警察がしらみつぶしに捜索しました。だから隠れようと思えば、日本には隠れる家がいっぱいあるのではないでしょうか。

僕は終戦直後に清里のそばの甲斐大泉の開拓村に入ったことがあります。高校時代にはアルバイトで荒れ地を開墾したこともありますが、そんな何もない風景がずっと心に残っています。

「道」はその山梨が舞台です。あの辺の人は満蒙開拓団にもずいぶんと参加しています。一家で満州に行かされたり、行った先で若者は徴用されたり、残された女や子どもたちもひどい目に遭ったりした悲惨な出来事がたくさんあるのです。

「山窩《さんか》」という言葉をご存知でしょうか。定住することなく、山の中で集団で暮らしていた人々のことで、戦前、戦中は20万人以上いたとされます。定職と呼べるものもなかったため、たまにフイゴを担いで町に下りてきて、鍋釜の修繕などの鋳《い》掛けの仕事を探すのです。

その山窩のことを、僕は映画で書きかけたことがあります。長く山窩を研究してきた三角寛さんという小説家から話を聞いたりもしました。結局、すぐには映像化されず、一緒にやっていた中島貞夫監督がずっと後になってから『瀬降り物語』（1985年）という作品にしました。

山窩は徴兵拒否をしていて、戸籍にも入っていない。戦後になっても1万2千人くらいいたそうです。僕は岡山で実際に山窩に会いましたが、日本中にいたのではないでしょうか。もちろん国は戸籍に入れようとしたでしょうが、すぐに逃げてしまうから見つけられないんです。

『やすらぎの刻〜道』はそういう山窩や満蒙開拓団のことも書いていますが、このドラマは戦中戦後の歴史を調べるのが本当に大変でした。まず満州の地図を探すのも大変でしたし、実際に地図を見てもよくわからない。

僕は戦時中の子どもなので、韓国、朝鮮、中国などには贖罪の意識があります。だから一度も現地に行ったことがない。中国や韓国の知り合いの監督からは「来てくださいい」と言われることも多かったのですが、「ちょっと行かれないです」といつも断っていました。

今、戦時中のことを話しているのは総理大臣をはじめ、みんな戦後生まれの人です。話してはいるけれども、それは人に聞いたり、ものの本で読んだりした知識です。あの頃を皮膚感覚では知らない。そういう人たちに言っても仕方がないという思いもあって僕は何も言わないけど、時代背景的なことはきちんと描いておきたいと思っています。

テレビ局には考査といって、内容に問題がないかチェックするシステムがありますが、使う言葉一つひとつについても、その考査との戦いが結構あります。昭和から平成、令和までを描く今回のドラマでは、避けては通れないこの国のタブーのようなものも少しずつ取り上げていくつもりです。

きっかけは大原麗子

ドラマはもちろん中身が大事ですが、放送時間ももう少し考えた方がいいと思います。２０１５年春に新聞社主催の「ハッピーエンディングセミナー」というイベントに参加しました。幸せな人生の終盤を送ろうというシンポジウムで、その時に「なぜドラマを朝に放送しないのか」との話が出ました。お年寄りはだいたい5時半に目が覚めるそうです。でも7時、８時までやることがないし、見たいテレビ番組もないというのです。

今、65歳以上の高齢者の割合は28％で、これからもどんどん増えていきます。いくら世の中が夜型になったと言っても、日の出や日の入りの時刻は変わりません。大人が見たくなるような1時間ぐらいの〝早朝ドラマ〟を制作して、NHKの連続テレビ小説のように朝の新たな視聴習慣をつくってもいいと思います。そもそも視聴方法自体が、録画やインターネット配信などで変わって来ています。それならば、今までにない枠をつくるという発想があってもいいのではないでしょうか。

例えば、『おしん』（1983年／NHK）を夜に放送していたら、あれほど当たったかどうかわかりません。あの内容を年配者向けに朝に放送したからこそ、テレビドラマの古典になり得たのだと思います。そういう意味では、『北の国から』も地上波で朝に再放送したら受けると思うのですが、テレビ局が「ドラマはゴールデン」という固定観念にすごく縛られている気がします。

『やすらぎの郷』も本当は昼ではなく朝に放送したかったんです。最初にこの企画はフジテレビに持って行ったのですが、あっさり断られました。それでテレビ朝日に行ったら、すぐにノッてきたのです。それもあって、ドラマの中では「末期的な湾岸テレビ」なんてセリフを書いたんです。

ただ、テレ朝でも放送枠はなかなか決まりませんでした。2017年4月からの放送でしたが、その年の1月になってもまだ枠が決まっていなかった。朝は地方局が枠を持っている時間帯があって、全国ネットが難しいらしいのです。それぞれにスポンサーもいます。それで調整の結果、昼の放送になりました。

枠がきちんと決まる前から、テレ朝からは「とにかく書いてください。やりたいようにやってってください」と言われていたので、僕も書きたいように書きました。でき上がった原稿に関して、「これはちょっとやめてほしい」などと言われたことは一切ありません。

『やすらぎの郷』の舞台は、テレビや映画界に功績を残した人だけが入れる無料の高級老人ホームです。この設定にはヒントがありました。その一つが、ジュリアン・デュヴィヴィエ監督の映画『旅路の果て』（仏1939年）で、俳優たちが余生を送る養老院の話です。

さらに、19世紀のイタリアを代表する音楽家、ジュゼッペ・ヴェルディが、恵まれない音楽家のために建てた老人ホーム「音楽家憩いの家」。こちらは今もミラノに実在しますが、そういうものが日本にもあってもいいのではないかという発想でした。

ただ、僕の中で一番のきっかけは、大原麗子さんのことでした。麗子とは長い付き合いでした。僕が富良野に家を建てた時に最初に泊まりに来たのも彼女です。その少し前には『前略おふくろ様Ⅱ』（1976年／日本テレビ）にも本人役でゲスト出演してもらいました。渡瀬恒彦さんと暮らしていた家に遊びに行った時にもらったアンティークの食器棚は、今もわが家にあります。渡瀬と別れて森進一さんと一緒になった時も一度遊びに行きました。

麗子が末梢神経疾患のギラン・バレー症候群と診断され、最初にメディアに出た時に、一緒に飛行機に乗って東京まで帰ってあげたこともあります。ただ晩年は、僕に対してもそうでしたが、森光子さんや浅丘ルリ子さんら親しい人の家に深夜に電話をしてきて、まったく切らなかったんです。「もういい加減にしてよ」なんて言うと、「あぁそう、長い付き合いだったわね」で、ガチャン。自分から絶交してしまう。精神的に苦しかったんでしょう。

その彼女が亡くなったと僕が知ったのは新聞記事でした。「えっ！」ですよ。それも死後数日経っての発見です。あれほどの女優が孤独死って……。そのことがずっと僕の心の中にありました。

もしも『やすらぎ』のような老人ホームがあったら、彼女も孤独死することはなかったと思います。だからドラマの中でも彼女の代表作のＣＭをそのまま使いました。サントリーウイスキー・レッドの「少し愛して、長〜く愛して」。ご遺族とサントリーに「ぜひ使わせてほしい」とお願いして。エンドロールにも「故大原麗子」とそのまま出しました。

連ドラでも役者が育たない

『やすらぎの郷』のシナリオを書く前にまずやったのが、登場人物一人ひとりの履歴書づくりです。これは『北の国から』よりも大変で、半年かかりました。高級老人ホームの「やすらぎの郷 La Strada」は、加納英吉という99歳の芸能界のドンがつくった施設で、そこにテレビや映画界を支えた俳優や作家などが集まっています。登場人物のエピソードが戦前まで遡ることも多いため、時代背景を調べて、一人ひとりの履歴書と合わせて年表を組み立てました。

参考のために、知り合いが入っている高級老人ホームも見学に行きました。すると、美人のコンシェルジュがたくさんいたんです。聞けば、JALの経営が傾いた時にリストラされたキャビンアテンダント（CA）だそうです。だからドラマのコンシェルジュたちも元CAの設定にしました。

半年間毎日続く帯ドラマは僕にとっても初めてでしたが、連続ドラマは長い方が圧倒的にいいと思っています。昔の民放の連ドラは半年や1年ありましたが、今は3カ月が普通です。中には10話を切って8話ぐらいで終わってしまうものもあります。これでは役者は育たないと思います。

NHKの連続テレビ小説から、なぜスターが生まれやすいのかといえば、長く見ていると不思議なもので、たとえ芝居がうまくなくても、何かしら良さが見つかって、魅力的に感じられるからです。それは若手に限らず、ベテランも同じ。「この人いいな」「なんか気になるな」と親しみが沸いてくる。それが全8話ぐらいだと、じっくり見る前に終わってしまう。テレビ局自体がスターを生み出すことをあきらめているように感じます。

なぜ放送回数が短くなっているのか。深い事情は知りませんが、テレビ局も視聴者に確実に見てもらうためには、売れている役者しか使わなくなります。結果、売れているからこそ、撮影の拘束期間を短くせざるを得なくなる。結局、いつどこを見ても同じ顔ぶればかりのドラマが乱立してしまうわけです。新人が出てくるチャンスも減っていますし、売れている役者にしてもアウトプットの連続では芝居がうまくなりません。

『やすらぎの郷』は半年間、『やすらぎの刻〜道』は1年間です。若い役者がそうした作品に出演するのは、たとえ端役であっても、ゴールデンなどの1クールにキャスティングされるのとはまったく意味が違うと思います。大きなチャンスです。頑張りどころです。そういうことを役者本人や事務所が意識できるかが大切ではないでしょうか。

菊村栄のモデルは誰か

『やすらぎの郷』も、撮影が始まる前に最後まで書き上げました。ただ、早くはできたものの、役者たちがその台本を読んで、毎晩のように僕に電話をかけてきたんです。役柄と自身を重ね合わせて、「私は当時こんなじゃなかった」とか「こんなにお金を持ってなかった」、さらには、「こんなにセリフを覚えられない」という〝泣き〟まであり、電話に出るのをやめました。

メインのキャストは僕が決めたのですが、主人公の菊村栄役の候補は何人かいました。北大路欣也さんや中村嘉葎雄さんです。でも石坂浩二の持つ明るさや清潔感、品の良さは捨て切れなかった。以前僕が書いた『わが青春のとき』（１９７０年／日本テレビ）や『２丁目３番地』（１９７１年／日本テレビ）、『３丁目４番地』（１９７２年／日本テレビ）にも出てもらいました。

ただ、菊村はシナリオライターであるため、よく「倉本さんご自身がモデルですか？」と聞かれて困惑することもあります。確かに自分の経験も業界の裏話もたくさん入れていますが、それは菊村だけではなく、ほかの役にも投影されているわけです。

ベテランキャストばかりですので、ほかにも気を使うことが多かったと思います。出演のオファーをして本人は出る気になっても、子どもや孫から「絶対やめてくれ」と反対されて断念した人もいます。あれだけの人たちですから出演料も大変でしょうし、昔みたいに衣装を自分でデザインを決めて発注する女優さんもいました。プロデューサーは頭を抱えていました。

放送中に野際陽子さんが亡くなりましたが、具合が悪いことを僕はまったく知りませんでした。最初の登場シーンはジョギングだったのですが、その本を読んだ野際さんから「ジョギングはちょっとできない」と言われました。聞けば、「少し前にがんで肺の手術をして肺を半分取ったんだけど、その後、再発もしちゃった」とあっさり話してくれたのです。その後、ジョギングシーンはほとんどウォーキングになりました。そういう体の状態だったにもかかわらず、自分の出番をきちんと演じ切った役者魂はすごいと思います。

撮影は皆さんの体力を考えて、夜はほとんどなく、朝もあまり無理はしませんでした。カメラを何台も回して、ほとんど一発OKにしていたようです。カンペ（セリフのカンニングペーパー）は出し放題に出していましたが。セリフを「読む」だけでも上手な人と下手な人がいるんです。

ミッキー・カーチスさんはうまいですね。最初、「セリフが覚えられないから3行以上書かないで」と言うので「3行革命」なんて笑いましたけど、彼はカンペを見ていても、それをまったく感じさせない芝居をしていました。八千草さんはやはり一番でした。昔からお付き合いがあるから、本を読めば僕の意図もすぐにわかってくれた。冨士眞奈美さんも素晴らしかったです。

『やすらぎの郷』が終わってから、浅丘さんと加賀さんに怒られました。「私たちは出番が多い割に、役として立つところがなかった」と。そう言えばそうだなと思いました。ほかの出演者はそれぞれのエピソードをもとにメインになる回があったのですが、あの2人はなかったんです。申し訳ないと思いましたけど、あれだけ人数がいると忘れてしまうんです。その分、『やすらぎの刻～道』では、頭から頑張ってもらっています。

自分の力で書いているのではない

何かのはずみに自分の力を超えたものが降りてくることがあります。例えば、『やすらぎの郷』で作家を目指しているアザミ（清野）が祖母を題材に書いた「手を離したのは私」というシナリオがあります。

僕は東日本大震災の後、何度も被災地に行って、そこで「手を離した」という言葉を聞いていていました。だからドラマの題材にならないかと思って温めていたんです。そしてアザミが書いたシナリオとして使ったら、菊村がアザミのお婆ちゃんである直美の手を離したということにもつながった。

つまり物理的に手を離したのはアザミだけれども、その何十年も前に菊村が直美の手を放していた。それが自然に結びついて、全体の一つのテーマになっていきました。菊村にしてみれば、もしも女房が生きていれば、その話を今なら笑い話としてしゃべれるのに、今はもういないというところにも転がっていくのです。

そうした話というのは、たぶん、自分の力で書いているのではないという気がしています。僕に何かが乗っかっているとでも言えばいいのでしょうか。

その話は129話の本当に最後に出てくるのですが、100話目くらいで原稿用紙に「手を離したのは私」と書いた時に「あれ?」と思ったんです。それから先は、「こう書けるな」「この材料が使えるな」「あの話が生きるな」と勝手に話が湧いてきて、どんどん筆が進んでいきました。

『やすらぎの郷』は一つのドラマの中でいろいろな事件が起きました。普通はそんなに毎日毎日事件が起きるわけではありませんが、もう起こしてしまおうと思ったんです。ドラマとは、つくる気になればいくらでもつくれるということを証明したかった。人が殺されたとか、恋をしたとか、結婚したとか、ドラマはそういうところだけが面白いのではなくて、日常の小さな出来事が面白いんだということを示したかったんです。

このドラマを引き受けた時は僕も最後の仕事だと思っていましたから、書きたい放題書きました。

昔、NHKと喧嘩して札幌に逃げた時、もうテレビの世界からは干されたと思ったんです。だから札幌で書いた『6羽のかもめ』（1974年／フジテレビ）は、テレビや芸能業界の裏話を好き放題入れました。『やすらぎの郷』はその『6羽のかもめ』の延長みたいなものです。放送後に〝やりすぎの郷〟なんて言われたこともありました。

時折、ほかの脚本家は何を情熱にシナリオを書いているのだろうかと思うんですが、僕はやはり「怒り」だと思います。その上で必要なのが、『やすらぎの郷』もそうですが、チャップリン的な喜劇の部分です。

自分の身に起こることは、アップで見ると悲劇だけれども、ロングで見ると喜劇だということ。人生とは、そういうものだということを脚本に書いているつもりです。日本では老人が主役のドラマや映画はほとんどありません。あっても暗い話です。でも、例えば、アメリカでは、『ハリーとトント』（１９７４年）や『ドライビング・ミス・デイジー』（１９８９年）などの明るい老人ものがたくさんある。老人がもっと毅然としていて、浅丘さんと加賀さんみたいな賑やかなコンビが普通にいたりします。

実際、僕の周りにいる年寄りも明るい連中ばかりで、言いたいことはズバズバと平気で言う。終始暗く落ち込んでいるような老人は少ないんです。腹が立つことがあったら、八千草さんが演じた九条摂子さんのように、〝ナスの呪い揚げ〟をすればいいんです。僕も時々揚げています。

『やすらぎの郷』を放送した時、近所のスーパーに行くとシルバー世代からよく声をかけられました。「見てますよ」とか、「ああいうのを待っていたんです」という声です。ただ、あのドラマがある種の成功を収めたとしたら、今のテレビ界はすぐに「老人ものをやれば当たる」となりがちです。すごくお粗末だと思います。なぜそういう作品を発想したのか、その原点を考えてほしいんです。医療ものが当たれば医療ものが続き、人気のある作家の原作が当たれば、みんながそれを使いたがる。そうやって安易に前例を追いかけてしまうのは良くないと思います。

役所をはじめ、いろいろなところで「前例がない」という言葉が金科玉条になっています。前例がないからダメ。僕の周りでこの言葉は禁句です。前例にないものを生み出すから価値があるんです。前例に倣ってドラマをつくっても、それは「創る」ではなくて「作る」にしかならない。知恵を絞って前例にないものを「創る」からこそ価値があると思うんです。

第二章

戦後日本を総括する物語

「北の国から」

廃屋に残されたもの

僕が東京を離れたのは１９７４年６月、39歳の時でした。大河ドラマ『勝海舟』でＮＨＫとぶつかって、一人で札幌に逃げたからです。なぜ札幌だったのかは自分でもわかりません。『勝海舟』はもちろん途中降板。テレビ界からは干されたと思っていました。

富良野に移ったのはそれから３年近く経った77年です。バブル経済が始まる少し前で、日本はどんどん豊かになっていきました。しかし、終戦直後の瓦礫の山を経験している僕には、こんな豊かな生活がいつまでも続くわけがないという不安感がものすごくありました。だから都会を離れて身の丈に合った暮らしをしたいと思ったのです。富良野には荒れ果てた自然が残っていました。そこに惹《ひ》かれたんでしょう。

そんな時にフジテレビから「そちらを舞台にしたドラマができないか」という話がありました。ちょうど映画の『キタキツネ物語』（１９７８年）や『アドベンチャー・

ファミリー』（米1977年）がヒットして、そういう自然の中の物語をドラマ化できないかというわけです。

ただ、『キタキツネ物語』は蔵原惟繕監督がキツネの生態を何年も追いかけた作品で、『アドベンチャー・ファミリー』はアラスカの何もない原野の話なので「富良野とは全然違いますよ」と伝えると、「北海道の人はそういうものだと思わせられればいい。テレビを見るのは東京の人だから」という言い方をされました。

それで頭に来て、「地元の人が見て、これぞ北海道と思えるものでなければ書くつもりはない！」と啖呵《たんか》を切った。すると、「じゃあ任せる。何か考えて書いてほしい」と言われました。それが1981年10月からスタートした『北の国から』の起源です。

僕はその頃、ほとんど仕事がありませんでした。だから毎日、富良野近辺を歩いていました。富良野から布部、山部と、根室本線の小さな木造の駅舎を一つずつ丹念に写真に撮ったりしていた。それが後に高倉健さん主演の映画『駅　STATION』（1981年）にもつながったんです。

そうやってあちこち歩いている間に目についたのが廃屋です。原野には農家の廃屋、海辺には番屋の廃屋、それから山には炭鉱の廃屋がある。北海道では廃屋が非常に目立っていました。いずれも基幹産業として日本を支えてきて、用済みになったとたんにポイされたものです。

その廃屋の中を覗いてみると、ちゃぶ台の上には茶碗がそのまま残り、傍らにはランドセルや弁当箱、少女時代の小林幸子が表紙になった漫画本などがありました。慌てて夜逃げしたのでしょう、日めくりが12月31日のままの家もありました。見ていると、頭の中にいろいろなドラマが湧いてきました。それで、そういう話を一度書きたいと思ったんです。

当時は廃屋評論家と言われるくらい見て歩いていました。ドラマの舞台となる麓郷《ろくごう》地区も電気や水道が入って間もない頃で、実際に電気や水道を拒否して暮らしている一家もいました。

東北線の特急が1960年代に開通して、北海道や東北の農村の次男坊や三男坊はそれに乗って都会に行ってしまったわけです。工業立国になった日本にとって、子どもは金の卵ですから、もともと大勢いた若年層がいなくなってしまった。

そして人手不足になった北海道の農村に入ってきたのがアメリカ式の農業です。馬の替わりにブルドーザーや農薬を使うため、土地はどんどん荒れていきました。

核家族化が進んで、お年寄りや隣近所が子どもを育てることがなくなり、親も金を払って保育所や塾などに預けて他人任せにするようになったのです。

これは、北海道というよりも、現代日本の象徴的な形ですが、そうやって経済的な豊かさが満たされる一方で、変わっていく人々の暮らしを僕は一度きちんと総括してみたいと強く思ったんです。パソコンや携帯電話が当たり前になるよりもずっと前のことです。

僕は毎日のように農業や林業をしている人たちに会って、いろいろと教わっていました。東京時代とは全然違う世界でしたので、本当に興味が尽きなかった。その一つひとつがものすごくドラマづくりに生きたのです。

具体的な視聴者の顔

このドラマを書く上で非常に大きかったのが、北島三郎さんとの出会いです。札幌時代にフジテレビの中村敏夫さん（後にフジテレビ取締役）と2人で、ひょんなことからサブちゃんの巡業の付き人をやらせてもらったことがあります。敏夫は札幌にいた僕を探し出した男で、後に『北の国から』のプロデューサーになりました。

サブちゃんの公演には、函館から青森、大畑、黒石と1週間ぐらいずっと付いて回ったんです。これは本当に勉強になりました。ただ、付き人はすでに3人いたので僕は4番手。仕事は南部せんべいにはちみつ付けて、サブちゃんに「はい」って渡すだけでしたが……。

公演会場は公会堂などよりも体育館が多く、開演は昼の1時からなのに、吹雪の中、11時くらいからお客さんの老若男女が待っているのです。みんな大きな荷物を抱えていて、何だろうと思ったら、座布団と毛布です。暖房もない体育館だから、前かららぎっしりと詰めて座布団に座って毛布をかぶるのです。

衝撃を受けたのは、サブちゃんのお客さんとの接し方でした。第1部はヒット曲を歌い、第2部はお客さんからのリクエストコーナーです。サブちゃんは流しをしていた経験から3000曲はカバーできる。最新の曲以外はほとんど歌えるため会場はものすごく盛り上がるんです。そのやりとりがめちゃくちゃ面白い。偉い人も貧しい人も学歴も関係ない。同じ目線でお客さんと裸でぶつかり合って、どんな注文にも答えるんです。

みんな本当に楽しそうでした。その向き合い方が僕らテレビの人間とは明らかに違っていました。それで敏夫と話し合った。自分たちを含め、テレビの人間というのは、どこかにエリート意識があるのではないか。その目線の高さがすべての間違い、勘違いのもとではないか、と。

富良野に移って『北の国から』を書く頃には、僕の中には視聴者の顔がはっきりとありました。夜、泥だらけになって帰ってくる近所の農家の人たちが、風呂に入って、一杯やりながら自分のドラマを見てくれるだろうかと考えました。すると、具体的な視聴者の顔が僕の中でどんどん浮かんできたんです。

僕が書く台本を最初に読むのが敏夫でした。目の前で読ませるんです。彼はとても正直だから、読みながら笑ったり、泣いてハンカチを出したり、鼻をかんだり、とにかく忙しい。僕はそれを見ると「ああ、大丈夫だな」と思えるし、逆に反応が鈍い時は何かがまずいと考える。そんな時は台本を取り返して、その場で破り捨てる。一から書き直すんです。

目の前で破られるのだから、彼も慌てます、僕も１５０枚ある原稿用紙を一気に破くために、電話帳で練習しました。その敏夫も残念ながら２０１５年に亡くなりました。『北の国から』を書くにあたって、彼は僕にとっての本当に最初で最高の視聴者でした。

農村を舞台にしたドラマはウケない。子どもが主役じゃダメだ。企画は当初、地味過ぎるという理由でずいぶんと反発もありました。フジテレビが考えていたのは、やはり家族の愛の物語。甘いホームドラマだったのです。

それはそれでいいのですが、僕が本当に書きたいことは別にありました。ただ、僕の意図するもの、つまり文明社会に対する疑問だとか反発だとかいったものを企画書にしても絶対に通らない。そこで「糖《とう》衣《い》錠《じょう》作戦」です。本当に言いたい苦みの薬の部分を、甘い砂糖で固めて飲ませる。これは僕が東京にいた頃から使っていたゲリラ的手法です。

泥のついた1万円札

フジテレビは『北の国から』を親と子の愛情物語みたいな感じで宣伝していましたし、世間もそういうふうに受け止めていただろうと思います。僕自身もそれを表面上のウリにしていました。

例えば、いしだあゆみさん演じるお母さんが富良野から去っていくシーン。空知川沿いに蛍（中嶋朋子）が走って追いかけてきて、見つけたお母さんが電車の窓から「蛍～」と叫ぶ。ああいう部分が糖衣錠作戦の砂糖です。

あの時のあゆみちゃんは、すごく良かったです。後で聞きましたが、普通に運行している電車にいきなり乗せられて、窓を開けて叫んだそうです。乗っていたお客さんはものすごくびっくりしたようです。

それから、スペシャルドラマの『’87 初恋』は、日本が経済社会になっていく時代に対するアンチテーゼ、つまり苦い薬を、純（吉岡秀隆）とれいちゃん（横山めぐみ）の初恋という砂糖で固めました。

あの中に泥のついた1万円札のエピソードがありました。父親の黒板五郎（田中邦衛）が、息子の純を東京まで乗せていくトラックの運転手（古尾谷雅人）にお金を渡すシーン。でも、運転手は封筒の中のお札に泥の手の跡が付いていることに気付き、子どものために親父が苦労したことを悟る。それで純に「俺には受け取れない。オマエの宝にしろ」と言う。そういうところが、やはり人間ドラマの一番大事な部分だと思うんです。

実際、僕にも経験があります。わが家が一番苦しかった時におふくろが5百円をどこかから工面してきてくれたのですが、その5百円札はずっと使えなかった。自分のために親が苦労してくれた、という金額以上の価値があると思ったからでしょう。周りに聞いてみると、そういう思い出は誰にでもあるようです。

ところが、このドラマが放送された頃はバブル経済真っ盛りで、世の中が「金だ、金だ」となっていた。そこで、「お金の価値」というものを、金額とはまったく違う意味を持った親の愛情とか一家をつなげるものとして出したかった。そこが僕の本当に書きたかったこと、つまり苦みの部分なのです。

お母さんの葬儀で上京した純と蛍が新しい運動靴を買ってもらって、親父が買ってくれた古い運動靴がポイと捨てられて心を痛めるシーン。あれも苦みの部分です。疲弊した農村の現状について、ストレートに訴えても企画が通りませんから、杵次さん（大友柳太朗）の馬への愛情という砂糖で固めました。

『北の国から』はホームドラマの形はしていますけど、僕は視聴者の琴線に触れるということを常に目指していました。それを糖衣錠と言ったわけです。僕の子ども時代は戦時中だから甘い食べ物が全然なくて、唯一あったのが薬の周りの砂糖くらい。あれを舐めてしのいでいました。だから僕にとって糖衣錠は、とても大事なキーワードです。

ただ、視聴者がみんな砂糖の部分にだけ食いついていたかというと、そんなことはありません。あのドラマのモーレッなファンのお笑いタレントなどが、記憶に残るシーンとして苦みの部分をきちんと挙げてくれています。薬が効いたんだと思うと、うれしくなります。付き合いがある高校の先生の中にも、ドラマをずっと独自の授業の題材にされている方が何人かいます。

四季を1年間撮りだめ

『北の国から』でまず悩んだのが方言をどうするか、ということでした。最初、富良野のＪＣ（青年会議所）の人たちを集めて、役者と1対1で組んで方言指導をしようと思いました。そう言ったとたんに、雪子役の竹下景子さんの奪い合いになりました。

でも、彼らの話を聞いていると、「わしらなまってるかい？」「北海道はなまらんよ」って、明らかに語尾が上がってなまっているのに、自分たちは全然気付いていない。これじゃあ教えられないと思いました。それに、方言を変に誇張したり間違えて使ったりすると、地元の人は傷つくんです。僕はそれを北海道に来てすごく感じていました。

北海道出身の役者もいましたが、地域によって結構違います。どこから北海道に移って来たかでも変わってくるのでしょう。僕は富山が一番多いと思っていましたが、徳島でした。徳島の藍産業が落ち込んだ時に余市辺りに流れて来て、果樹園などを始めたようです。五稜郭のある函館辺りは江戸と会津が入ってごちゃごちゃでした。そんな状態でしたから結局、地元の方言は使わなかったんです。標準語でも違和感はなかったと思います。

フジテレビには最初に「富良野の四季を見せたいから、1年間の自然を撮りだめしたい」とお願いしてありました。財界のパーティーか何かの席で、当時フジの副社長だった鹿内春雄さん（後にフジサンケイグループ議長）がいらしたので言ったんです。すると、春雄さんが了解してくれて、「絶対やりますか？」と念を押すと、「絶対やる」。「じゃあ、ここで指切りしよう」と僕が言って、財界の人たちみんなの前で「指切り、缶切り、嘘ついたら針千本飲ーます」と約束したのです。彼も照れながらやっていました。それでフジは四季の撮影に1年かけるしかなくなってしまったのです。

当時フジの専務だった村上七郎さん（後に関西テレビ社長）は、このドラマをものすごく応援してくれて、撮影にもずいぶん付き合ってくれました。ある時、村上さんが「もしも視聴率20％を取ったら、オマエらを全員ハワイに連れて行く」と檄を飛ばしたんです。それで僕らも張り切りました。

ところが、TBSが同じタイミングで山田太一さんのドラマ『想い出づくり。』をぶつけてきて、最初は『北の国から』の数字がなかなか上がらなかったんです。『思い出づくり。』は全14話の1クールでしたが、『北の国から』は全24話の2クールだったから、僕らが後半徐々に数字を伸ばして、最終回でついに20％超えです。

それで意気揚々と村上さんに「約束、覚えていますよね？」と聞きました。すると、「覚えているよ」。続けて「でもあの時、俺は全員と言ったか？　この辺のヤツらだけ指してオマエらって言わなかったか」って。彼が指さしている範囲がやけに狭い。でも「それで許します」ということで、僕と敏夫、純と蛍と2人の両親、スタッフを2、3人連れて行きました。ファーストクラスに乗ってスイートルームに泊まって、豪華なハワイ旅行でした。

そう言えば、『北の国から』の放送が始まった当時、富良野ではフジテレビをネット放送していませんでした。オンタイムで見られないから、地元の人たちに各部落会館に集まってもらい、僕が持っていた完成版のVTRを放送と同じ時間に「よーいドン」で流していました。しばらくして普通に放送されるようになると、富良野でビデオレコーダーが一気に売れました。

放送が始まる前はもっと大変でした。地元の人は「フジテレビ」という名前を知らなかったので、認知度も信用もなかった。だから飲食店でもタクシーでもツケが一切利かず、すべて現金払いでした。

　放送まで1年間もあったので、プロデューサーの敏夫は本当に苦労していました。精算伝票だけが次々にたまっていくものだから、かわいそうに神経性膵炎で入院したこともありました。

「知識」より「知恵」

　純を語り部にしたのは、富良野に来た頃の僕自身の目線で書きたかったからです。42歳でしたが、都会から来た子どもの純と同じ立ち位置だったんです。ただ、僕はすぐに彼を追い越して五郎さんになってしまいました。スペシャルが始まる頃には丸太小屋なんて3棟も建てていましたから。

　ドラマのエピソードは自分が経験したり、見たり聞いたりしたことばかりです。来た当初は電気だけは通っていたけど、水は実際に近所の沢からパイプで引いていました。来たのが夏だったので、雨が降れば濁ったし、砂も混ざっていました。

冬になると、猛吹雪でクルマが雪に突っ込んだことも何度かあります。一度、夜中に麓郷と布札別《ふれべつ》の間ぐらいで埋もれかけました。完全にホワイトアウトで車が風で揺れるんです。車のマフラーの高さまで埋もれると危ないため、外に出て雪を一生懸命掘りました。

地元の友人の仲世古善雄さんに電話をしたら、ものすごいブルドーザーで助けに来てくれました。善雄ちゃんは僕が富良野に来てとても世話になった方で、地井武男さんが演じた中畑和夫のモデルでもあります。

当時としては珍しい携帯電話があったから良かったのですが、なかったらダメだったでしょう。しかも電波が届くエリアは非常に限られていましたが、運良くつながったのです。地元の人はホワイトアウトの怖さを知っているため、そういう時は絶対に外に出ないんです。

この頃、僕はサバイバルに凝っていて、その知識をドラマにもずいぶんと入れました。サバイバルはまず〝生きる〟ことを諦めたらダメで、それが原点です。吹雪の中で、ケガをした五郎さんがスコップの柄をナイフで削って火口《ほくち》にするとか、火はスコップの上で焚けばきちんと燃えるとか、そういうことは僕自身が結構やったことです。

変な話ですが、火口になるものがなくて、千円札を燃やしたこともあります。山では1万円札があっても、火口にするかお尻拭くか、それくらいの価値しかないんです。今の時代、みんなお金をほしがったり貯めたがったりしますが、お金の価値をきちんと考えた方がいいと思います。本当に大事なのは、生きるためにどう使うかであり、それを忘れたら本末転倒です。物事は原点から考えることが大切なんです。

僕が富良野の大自然の中で感じた最大の恐怖は夜の闇でした。本当に真っ暗です。道が見えないから外は歩けないし、自分の手さえ見えない。人や動物がそばに来ても、それを認識するのは目ではなくて、息づかいとか、風に乗ってくる獣の臭いとかの気配だけ。でもそれが本来の人間の暮らしなんです。

人間は本来ならそういう鋭敏な感覚を持っているのに、より便利なものを求めて、そのような暮らしからどんどん離れてしまった。そこに問題があるのではないかと、ずっと思っています。富良野に来てからの様々な経験から僕が感じ取ったのは、人が暮らしていくのに役に立つのは、「知識」ではなく「知恵」。どれだけ「知恵」が使えるかが勝負だと考えるようになりました。

わかりにくい世の中

同じ作品を何十年か経って見た時に新しい発見があります。そこにドラマの良さがありますし、その発見が大事だと思います。

富良野にやって来た純が、家に電気が通っていないことを知って「夜になったらどうするの？」と聞くと、五郎さんが「夜になったら眠るンです」と答える。これを当時、笑い話として見ていた人が、年を重ねた今は違う捉え方をするかもしれません。文明社会の中で物事を自分自身で考えることは本当に大切だと思います。

ドラマの中で、大雪で村一帯が停電になる話も書きました。暖房も水道も全部止まった時、初めて生活の中に電気が入っていたことに気が付く。いつの間にか生活に電化製品が入り込んでいたわけです。そうなってみないとわからないということは怖いと思います。

現代は本当にいろいろなことがわかりにくくなりました。かつて公衆電話はかけるたびにチャリンチャリンとお金が落ちていきましたが、スマートフォンはどれくらい使ったか実感がありません。クレジットカードなんてその最たるものだと思います。東日本大震災で都心から自宅に歩いて帰らなければならなかった時、家までの道がわからない人もいました。普段、地下鉄などの乗り物に乗っていると、そういう感覚がなくなるんです。

お金にしても、遡れば昔は重みがある銀でした。でも銀の量を少しずつ減らして、さらに紙になった。1万円札は100枚重ねると1センチで、1億円だと1メートルです。では、国が借金している1千兆円って、どれくらいでしょうか。1万キロメートルです。地球の半径は6400キロメートルですから、地上から積み上げると相当な高さになります。平気で「借金1千兆円」なんて言っていますが、実感が伴っていないのです。

余談ですが、お金と言えば、不特定多数の人が触っていて雑菌がすごいと思うのですが、現代人は、それはあまり気にならないのでしょうか。特に近頃は洗剤の除菌・抗菌効果にすごく敏感で、空気洗浄機や抗菌グッズも流行しています。その割には、お金を触った手で物を食べるのに抵抗感をあまり感じていない人が多いようですし、指先を舐めてお札を数える人もいます。とても不思議で、変な文明社会だと思います。

昔は花街で芸者さんへの支払いを「線香代」と言っていました。線香1本が燃える時間で料金を決めていたんです。燃え尽きたら、芸者さんは「ほな、おおきに」と帰りますし、客が延長してほしければ「もう1本つけて」となります。非常にわかりやすいシステムです。だから、今のこのわかりにくい世の中というのは、企業が科学と手を組んだ陰謀としか僕には思えないんです。

実は最近、ロウソクの灯りで風呂に入っています。これが実にいい。ロウソクの減り方でどれぐらい浸かったかがわかるし、炎のほのかな揺らぎの中で自分の老体も美しく見えるんです。

人物を落ち込ませる

僕はとにかく人の欠陥を書くのが好きです。良いところばかり書いてもあまりチャーミングなキャラクターにはなりません。視聴者も情けない人間を見て「自分と同じだ」と笑いが出たり、落ち込む姿に親近感を抱いたりするわけです。それがテレビドラマの神髄という気がします。だから登場人物を「落とす」ことは一種の武器です。

例えば、刑事ドラマで凶悪犯を撃って事件が解決する。カタルシスは味わうかもしれませんが、撃った後の刑事の心の葛藤はあまり描こうとしません。彼は相手のお通夜に行くのか、それとも遠くから一人そっと手を合わせるのか……。その心情が一番大事だと思います。

『水戸黄門』でいえば、悪代官たちは印籠にひれ伏して一件落着しますが、もしかしたらその夜、黄門様は助さん格さんと酒を飲みながら「さっきはカッコつけちゃったけれども、自分だってホントはそんなに立派な人間じゃないんだよね」みたいなことを言っているかもしれません。僕はライターとしてそちら側に興味があるし、人の情けないところを書きたくなるんです。

だからこそ、五郎さんの役は田中邦衛さんにお願いしたんです。候補は、ほかにも高倉健さんに藤竜也さん、緒形拳さん、中村雅俊さん、西田敏行さんらがいました。

この中でだれが一番情けないかという質問をみんなに投げたら、「そりゃ文句なく邦さんだ」って。それですぐに決まったんです。健さんだったらカッコよ過ぎてドラマになりませんから。

『北の国から』はスペシャルを入れて21年にわたって子どもたちの成長を追い続けましたが、同時に五郎さんの老いの物語でもあるんです。成長した子どもに置き去りにされていく親父の悲哀です。

純や蛍のエピソードで話を運びながら、『'89帰郷』くらいからは、僕自身が五郎さんにすごく加担して書いていました。撮影で久しぶりに会う邦さんの年の取り方も興味深かったです。体力が衰えて目尻もさらに下がって、ますます情けなくなっていく。それが実に美しかった。僕も同じように老いの衰えを実感していましたから、21年間を通して五郎さんの悲哀は面白く出せたと思います。

現実の邦さんも家族をとても大事にする人です。集まって飲んでいても、時間になると「すいません、そろそろ」と帰っていく。何かのパーティーの時、奥さんや娘さんをサプライズで東京から呼んでおいたんです。2人が突然登場したら、邦さんはもう照れてメロメロでした。何も言えなくなって、ずっと首を振っていました。本当にいい親父です。でも時々不思議に思います。あの情けない顔で実際の家庭では、どうやって父親の威厳を出していたんでしょう。

吉岡秀隆君と中嶋朋子さんのキャスティングはオーディションで決めました。300人くらいの中から3カ月かけて選んだのです。最後に残った8人くらいを、邦さんを交えてスタジオで一緒に遊ばせました。それを上から見たり、撮ったりして決めたのですが、最後まで残った子が純の友達の正吉（中澤佳仁）になり、中畑の娘のすみれちゃん（塩月徳子）や、広介（古本新之輔）、チンタ（永堀剛敏）になりました。

吉岡の演技力は、その前にあった山田洋次監督の映画『遥かなる山の呼び声』（1980年）で知っていました。オーディションでも文句なくずば抜けていたので、あっさり決まりましたが、蛍は、なかなか決まりませんでした。そして、子どもたちをみんなで自由に遊ばせていた時、スタジオの隅っこで、機材を運ぶ台車を1人で押して遊んでいる女の子を見つけました。それが中嶋です。ほかの子ともまったく交わろうとしない独特の雰囲気が決め手になったのです。

2人とも東京に住んでいたので、最初はずっと親御さんが付いていました。ただ、中嶋はお母さんが商売をしていたこともあって、なかなか来ることができず、家庭教師をつけたりしながら時間をつぶすこともありました。

僕も最初の頃はよく撮影現場に行きました。遠慮してあまり口を出さないようにしていたのですが、何も言わないとおかしな方向にいってしまうこともありました。

例えば、純と蛍が一輪車で石を運ぶシーン。美術のスタッフが、一輪車の上にワラを敷いて、上の見えるところにだけ石を置いて「重そうに運べ」と2人に言うわけです。僕は「そんなバカなことをせず、この山から向こうの山まで石を運んでみな」と指示しました。

すると、純たちは一度にたくさん運ぼうとして、すごい量の石を積むわけです。それでは、持てないし、持てたとしてもグラグラしてひっくり返してしまう。それでいいんです。それが都会から来た子どもが最初にとる行動なんです。

邦さんも薪を割るシーンの撮影で、一生懸命にやるんですが、そんなふうにしていたら一日作業は続きません。現地の人はもっとのんびりとやるんです。そういう根源的な部分がスタッフにも役者にもわからない。力を入れて薪を割った方が頑張っているように映るかもしれませんが、それはまったくリアルではなく、生活感も見えてこないんです。

その点で言えば、お母さん役のいしだあゆみはすごかったです。冬の撮影で本番までの待ち時間、スタッフは「寒いから中に入っていてください」と役者たちを家の中に案内するんですが、あゆみちゃんだけは家の前に立ったままで、中に入ろうとしない。寒さで鼻を真っ赤にしながら、「私は今、4キロの距離を1人で歩いて来た設定だから、ここで耐えます」と言うんです。その姿が、邦さんたちにも伝わったのではないでしょうか。芝居への姿勢を変えてくれました。

一方で、純と蛍は小さい頃は良かったんですが、中学生ぐらいになると自我が出てきて大変な面もありました。撮影期間が終わってからも、どこに行っても「純くん」「蛍ちゃん」として扱われる。それにすごく抵抗感を持ってしまい、「やりたくない」と言い出したこともありました。あの頃は本当に扱いにくかったです。

「れい」か「シュウ」か

岩城滉一さんがやった草太は、幼い純に影響を及ぼす不良っぽい兄貴分として考えたキャラクターです。僕が子どもの頃、岡山の疎開先にもそういう猟師のお兄ちゃんがいました。そこらの不良たちをのしてしまうだけではなく、動物の捕まえ方やニワトリの絞め方などいろいろなことを教わりました。

僕と岩城は『前略おふくろ様Ⅱ』以来の付き合いです。彼はやんちゃですが後輩の面倒はきちんと見るし、筋を通す男です。僕は「明るい不良少年」と呼んでいました。案の定、吉岡は公私ともに岩城を慕っていました。

その岩城が、パラグライダーやスカイダイビングを始めたり、小型飛行機でレインボーブリッジの下をくぐるなんていう無茶をやり出したんです。それでドラマの途中で事故でも起こしたらまずいと思い、『'98時代』で草太を死なせました。

牧場での作業中に運転していたトラクターの下敷きになるという事故の設定でした。ところが、岩城は今も健在です。僕としては草太を殺してしまったことを反省していると言えばしているんですが、彼が元気でいるのは、役で死んで厄落としたからかもしれません。

岩城との出会いのきっかけは、俳優の安藤昇さんの紹介でした。安藤さんには『前略おふくろ様Ⅱ』にも出ていただきましたが、安藤さんに誘われて渋谷の喫茶店へ行ったんです。「うちの若いもんに会ってやってくれませんか？」と言われて待っていたら、やって来ました。

「オス！」と言って入ってきて、面白いヤツだと思って『前略おふくろ様Ⅱ』の最終回に出しました。するとたちまちショーケン（萩原健一）を食ってしまったんです。あまりに面白いので、高倉健さんの『あにき』（1977年／TBS）でも使いましたが、1話の半分くらい撮ったところで、ある事件を起こして降板してしまった。しばらくはテレビにも出られなくなりましたが、フジテレビに頼み込んで『北の国から』でまた使ったんです。それで誕生したのが草太兄ちゃんでした。

女性のキャスティングで印象的なのが、『'87初恋』のれいちゃんを演じた横山めぐみさんです。彼女を見つけたことは奇跡だし、大成功だったと思っています。本当はれい役に決まっていた女優がいましたが、その子がマネージャーと喧嘩したとかで事務所を辞めてしまったんです。

それが撮影の1週間くらい前で、急遽、再オーディションをやったのですが、いい子がいない。もうダメかと思っていたら、あるモデル会社が「スカウトしたいい子がいるから、会ってください。今、学園祭に行っているので、もう少し待ってもらえませんか」と言うんです。それで遅れてやって来たのがめぐみでした。一目見て「わー、これはいい！」という印象でした。初々しくて、ピカピカしていました。

純とれいが納屋で雨宿りして、れいがスリップ1枚になるシーンは、三島由紀夫の「潮騒」の影響を受けて書いた場面です。もともと「ダフニスとクロエ」という、少年少女が恋をして原野の中で結ばれる有名なギリシャ神話があるのですが、三島はそれをベースに書いたんです。「潮騒」は海辺の話ですが、女性の肌のきれいさが際立つ三島の傑作です。それに影響されて、僕は納屋のシーンを書きました。

『'95 秘密』でシュウをやった宮沢りえさんは、演出の杉田成道さん（現日本映画放送社長）が惚れ込んでキャスティングしましたが、僕は反対でした。会ってみていい子ではありましたが、彼女はすでに売れていてスターでしたから。有名人が『北の国から』に出るのはちょっと違うんじゃないかという抵抗感がありましたね。

純は、れいに初恋をして、その後、タマ子（裕木奈江）、シュウ、結（内田有紀）と付き合います。裕木さんのキャスティングも杉田で、僕はあまりよく知りませんでした。一方で、内田さんはすでに知られた女優でしたが、僕の一押しで決めました。

一度、「最終的に結ばれるなら誰がいいか」を個人的にアンケートしたことがあります。「れい派」と「シュウ派」に見事に分かれました。僕は結が大好きでしたが、れい派かシュウ派かで言えば、れい派でしょうか。シュウだといつかひずみが来そうな気がするんですが、どうでしょう。ただ、女性を書くのはいまだに難しいです。感情移入ができないから。女心は今も研究中です。

背が縮んだ純と蛍

『北の国から』は21年続きましたが、登場人物の成長をドキュメンタリーで長く追ったドラマはほかにないのではないでしょうか。

スペシャルの構想は、連続ドラマの終盤くらいからありました。きっかけは子どもたちでした。全24話を撮る間に、吉岡が8センチ、中嶋が13センチほど背が伸びたんです。子どもってこんなに成長するものかと感激して、この成長を追いかけたら面白いのではないかと思いました。特に10歳くらいの中嶋は丸みを帯びて女らしい体つきになっていったので、その過程を残したいと考えました。プロデューサーも賛成してくれて、スペシャルのシリーズ化が決まったんです。

一方で、僕はその成長を映画でも残したいと考えました。それが、いしだあゆみさんと中嶋が母娘を演じた『時計 Adieu l'Hiver』(1986年)です。僕が初めて監督も務めた映画作品で、連続ドラマ終了後、すぐに撮り始めて完成までに5年かかりました。

純と蛍の背丈で言えば、面白い裏話があります。虎バサミにやられて3本足になったキツネが最終回に戻ってくるラストシーン。実はあれはクランクイン直後に撮ったものです。あのキツネは当時、僕が餌付けしていたのですが、実際に虎バサミにやられて、死んでしまったと思っていたのに、みんなが泊まっているホテルの裏山に突然現れたのです。

僕が「ルールルルル」と呼ぶと近づいて来たので、餌をあげたら食べてくれました。急いで邦さんと蛍を呼んで、それから純も呼んで、餌を食べさせたら、うまいこと3人それぞれの手からキツネがちゃんと食べてくれた。それで、とっさに最終回のシナリオを考えて撮影までしておいたのです。だから、最終回で純と蛍の身長がそこだけ急に縮んでいるのです。

スペシャルは2年おきぐらいに撮りましたが、苦労したのは、思春期の子どもたちがその時々に何を考えているのかという思考の変化です。連続ドラマが終われば東京に帰ってしまうので、僕はあまり会うこともできない。それで、吉岡や中嶋の母親に1カ月か2カ月に一度くらい電話をしていました。

今、子どもたちの周りではどんなことが起きていて、何に興味を持っているのか、好きな子はいるのか、フラれた経験あるのかとか、もう年中スパイのようにリサーチしていました。もちろん本人たちには内緒です。そうやって仕入れた情報を脚本のエピソードに書いていきました。

この手法については、ほかの作品でもよく使っていました。だから役者から「何で知っているの？」「情報元はどこ？」とよく聞かれます。「倉本ＣＩＡという秘密組織がある」と冗談で答えているのですが、実際、そういうことを繰り返していると、空想で書いたことが偶然プライベートと合致してしまうことがあります。だから本人に真剣に問い詰められて困ることもあるんです。

地井武男の涙

『北の国から』には、渋い脇役が大勢出演していました。大滝秀治さんや大友柳太朗さん、笠智衆さん、それから地井武男や布施博、ガッツ石松も良かったです。笠さんは豆の栽培で成功した男の役で、だいぶボケて富良野に戻ってくるのですが、「ま～め～」と言いながら無心に豆を蒔く芝居には、僕自身も驚きました。

現場での笠さんと大友さんの会話も実に楽しかったです。基本的に笠さんは無口で、大友さんはめちゃくちゃしゃべる人なんです。笠さんは本当は面倒臭いようなのですが、それに付き合う。傍から見ていると、会話がすごくとぼけていて面白かったです。

大友さんが演じた杵次は開拓民で、少しでも世の中が便利になって良くなることを目指して来たし、発展することがうれしい。一方で、若い五郎さんは、何でもかんでも世の中が進み過ぎることに抵抗感を持っているわけです。逆の論理になっている現状を出したかったのですが、そういうジレンマの中で杵次は死んでいくんです。地井が演じた中畑和夫には、奥さんをがんで亡くすシーンがあります。モデルとなった善雄ちゃんが実際に奥さんをがんで亡くしたからです。しかしそのエピソードを台本に入れた時、地井の実の奥さんも、本当にがんだったのです。

地井は「この役は自分にはできない」と言い出しましたが、闘病中の奥さんが台本を読んで「どうしてやらないの？　やればいいじゃない」と勧めたそうです。ただ、撮影の時には、すでに奥さんは亡くなっていました。だから地井はもう芝居にならなかった。本当に鼻水も涙もボロボロ出して……。あれは演技ではなかったんです。

地井は2012年6月、大滝さんも同じ年の10月に亡くなりました。マスコミにはあまり騒がれませんでしたが、その1週間後に、大滝さんの奥さん役だった今井和子さんも亡くなっています。

2016年まで富良野駅のそばにあった「北の国から資料館」では、亡くなった人の写真に黒いリボンをつけていたのですが、その数がどんどん増えていきました。21年間という長い歳月のドラマになると、物語と実生活が混在してしまうような感じでした。スタッフの離婚や死別もいくつかあって、「このドラマをやると家庭がごちゃごちゃになる」なんて言われたこともあります。

ファンの方の中にも、ご夫婦で富良野詣でをされるリピーターが多いのですが、「今年、旦那が亡くなりました」なんて話を聞いたり、手紙をいただいたりすることもあります。

なぜラーメンの器は下げられたのか

僕は音楽が大好きです。ドラマの中でも音楽はすごく大事にしています。ライターになって間もない頃、NHKで書いたドラマは冨田勲さんの音楽が多かった。冨田さんはシンセサイザーを使って曲をつくる第一人者で、『文五捕物絵図』（1967年／NHK）や『勝海舟』などでもそうでした。これはNHKが決めたものだし、僕に個人的に付き合いはなかったのですが、好きな音楽でした。

『北の国から』の頃は、最初はさだまさしさんのテーマ音楽ができていませんでした。いつもは音楽は早いうちに決めてくれたほうがありがたい。BGMがポップスかフォークソングかクラシックかでドラマの内容は大きく違ってきます。だから、先に曲を決めて、書斎にエンドレスで流して、聞きながらセリフを書くのが良いんです。

１９８０年代はまだカセットテープの時代で、僕は流行りの音楽に疎いため、若い役者や知り合いがセレクトした曲を毎月テープに入れて送ってもらっていました。

吉岡が送ってくれた中に尾崎豊がありました。僕はそれで初めて尾崎を知ったんですが、最初はどこがいいのかさっぱりわからなかった。でも彼があまりに勧めるので、中嶋にも「どう思う？」って聞いたら、「いい！」って。そうか、若い人はこれがいいのかと思って、ちょっと不本意でしたが『'87初恋』でれいちゃんとのシーンで使ったんです。すると、これがぴったり合ったんですね。

雪子（竹下景子）が不倫相手の井関（村井國夫）と別れるシーンを書く時には、五輪真弓の「恋人よ」をずっと聞いていました。やはり、あの時代の音楽は、自分や登場人物の体験と歌詞がダブることが多かったような気がします。

シナリオが完成した後でシーンを追加して、それが光ることもあります。『'84夏』で、五郎さんが子どもたちと行ったラーメン屋で、器を下げようとする店員に「子どもがまだ食ってる途中でしょうが！」と怒鳴るシーンがそうでした。

最初に書いたシナリオは、純が丸太小屋の火事の一件を五郎さんに告白するだけでした。ただ、僕は何か物足りないと思って気に入らなかった。それで一晩考えて、あの女性店員を置くことにしました。

演じたのは伊佐山ひろ子さん。あそこだけの役です。あの店員は母子家庭で、早く帰って子どもにご飯をつくらなければならないという設定だったんです。それなのに閉店時間になっても純たちがグズグズ食べているから片づけができない。そういう事情を設定したんです。

もちろんドラマにはそんな裏話まで描いていません。でも、彼女のバックグラウンドまで考えることで五郎さんたちの哀しさも出る。それであのシーンがすごく締まりました。本筋と直接関係のない人間を置くことで本筋が一層生きてくる。それにあらためて気付いて、以後、そういうつくり方を意識しました。

『'92 巣立ち』では、純が交際中のタマ子を妊娠させるエピソードがありました。でも五郎さんは純を叱れない。なぜなら彼も高校生の時に女の子にすぐ手を出して「一発屋の五郎」と言われていたから。そのたびに五郎さんの父親が相手の女の子の家に詫びにいくんですが、その時に持っていったのがカボチャなんです。

五郎さんにはそれが刷り込まれていたため、純の時もカボチャを持って詫びにいった。僕の中ではそういう背景があるんです。ただ、ドラマの中でいちいち「カボチャを出したのは実はこういう理由で……」と説明するとつまらないでしょう。

これを僕はよく、「樹は根に拠って立つ　されど根は人の目に触れず」と言うんです。ドラマも木と一緒で、しっかりと立つには地面の下に根っこを張らせなければならない。氷山だって見えているのは7分の1で、残りの7分の6は見えません。

そこを見せる必要はないけれど、「ある」ということを感じさせないといけない。見えない部分を感じさせることでドラマに厚みが出るんです。

蛍はたくましい北海道の女

『'95 秘密』で蛍は不倫をしますが、彼女を小さい頃から見てきた人にとっては抵抗があったかもしれません。ただ、あえてそうしようと思ったのは、僕が出会ってきた北海道の女性にそういうタイプの人が多かったからです。不倫ということにあまり抵抗がなくて、独立心みたいなものが非常に強いんです。

僕が札幌に来て最初にびっくりしたのは、北海道の離婚率が日本で最も高かったことです。その前は高知県でしたが、高知のバーで飲んでいた時に「離婚率は北海道が一番高いんだって」と話したら、ママが「知ってるよ！　でも、その前は高知だったんだよ！」って悔しそうに言ったのがとても印象に残っています。

富良野に移って、さらに驚いたのが、人妻たちが主催する飲み会に誘われたことです。奥さんたちが亭主以外の男を誘ってパーティーをするんです。旦那は奥さんを車で会場まで送って行って、すぐに帰る。それで奥さんは別の男性と……。そういうブラックユーモアみたいなことを平気でやっていました。

外国でもそんな話はあまり聞かないし、北の国のエロチシズムというか、そういうものが流れているのかと思いました。これなら浮気があってもおかしくないし、離婚率ナンバー1も頷ける。仕事をしている女性が多くて、地位やお金もある人の奥さんもパートで働いていたりします。いろいろな男性を見るうちに変わっていくのでしょうか。

僕は札幌で3年近く暮らしましたけど、実際、女の人の感覚が東京とは大きく違いました。バーで働いている子が僕に秘密を打ち明けたり、相談しに来るわけです。まるでクリニックみたいでしたが、そこで得たものはすごく大きかった。例えば、赤ちゃんができて今日堕胎してきたという話も聞きました。僕が「彼はなんて言ったの？　慰謝料はもらった？」って聞くと「彼には知らせてない」。「何で教えないの？」「だって教えたら傷つくじゃない」。そんな感じです。それが北海道の女性のすごさです。

そういうものを蛍にやらせたかったわけです。みんなから「えっ！　あの蛍ちゃんが不倫なんて」という反発はありました。でも、蛍は北海道の女になっているんです。女のたくましさみたいなものが身に付いてきていたんです。

ああいう気候風土の中で暮らしていると、だんだん動物的になるのでしょうか。きれいごとばかりとはいかないんです。そして、それを知った五郎さんは、自身も過去に女性といろいろあったので、娘の状況を受け入れられたわけです。このあらすじを中嶋に話した時は、本人もびっくりしていました。

ただ、続く『'98 時代』では、こちらが驚くような展開になりました。蛍が妊娠したというストーリーでしたが、実は、ここでもドラマと現実がオーバーラップしました。中嶋が実際に妊娠していたんです。不倫ではありませんが、妊娠を公表していなかったし、周りの誰も知らなかったと思います。急に本人から告げられて、こっちが「えっ!」とびっくりでした。

いらないものでつくる家

富良野の麓郷には、五郎さんの家がそのまま残っています。廃屋を修理して住んだ「最初の家」、連続ドラマの最終話で完成した「丸太小屋」、その丸太小屋が火事になって移った「農家の廃屋」、犬と一緒に暮らした「もみがら小屋」、さらに五郎さんはコツコツと「石の家」をつくって、最後の『2002遺言』では集めた廃材で「拾って来た家」も建てました。

僕はあの頃よりもずいぶんと建築に深入りしましたから、もしも今『北の国から』を書き起こすなら、「クチャ」か、竪穴住居から書くと思います。クチャとは、アイヌの人たちが狩猟の時などに建てた仮小屋です。テントのようなものですが、自然の中にある材料だけを使うんです。木を結わえる紐も、ドラマの中で蛍が傘にしていたフキの繊維とか、ヤナギの樹皮を裂いたものを使います。

僕はアイヌの人から直接クチャのつくり方を教わりましたが、驚くほどよく考えられていて、北海道の自然に合致して快適です。大勢で寝る場合は、もう少し大きくて立派な「チセ」という住居もあります。当時、住居についてもう少し勉強していれば、ここから書き始められたと思います。

丸太小屋はもともと興味がありました。富良野塾で丸太小屋をつくりたいという思いがまずあって、カナダに行って勉強しました。塾で何棟か建てた当時の名残の丸太小屋が今もあります。ただ材木は高いですし、木を切ることにも抵抗があった。それで考えてみたら、富良野には石がたくさんあったわけです。

春になると、この辺りの畑は石が出てきます。寒冷地だから冬は地面の下の方まで凍ってしまう。その深さを凍結深度というのですが、当時この辺の凍結深度が90センチぐらい。春になって地表の雪が解けて地中に染み込むと、石と共にコチコチに凍った土が、雪解け水で持ち上げられるんです。だから、農家はまずその除礫《じょれき》作業をしないと畑仕事が始められない。要するに、木と違って石は邪魔もので、それを何とか有効活用できないかと思ったんです。

それで僕は昔の石積み建築を調べようと思って、動乱寸前のユーゴスラビアとポルトガルに行きました。向こうでは14世紀ぐらいの石積みがいまだに残っているんです。積み方を教わると意外に簡単でした。

帰ってから塾生で特別チームを結成して、試しに僕の家をつくったんです。1年半くらいかけて完成しました。その実験の成果をドラマの中で活用したんです。

日本にもよく似た石積み建築はありますが、僕たちの場合は石を切ったり砕いたりせず、丸のまま使うという違いがあります。丸のままの石は、角度を変えて見るとまったく違った表情になるんです。当たり前ですけど、このことはすごく勉強になりました。

人は普通、正面からは見ますが、頭のてっぺんや足の裏から見ることはほとんどありません。様々な角度から見ることで、人やモノは変わるということをあらためて学びました。

「拾って来た家」は、卵のパックなどの捨てられる運命のものが断熱材として十分使えそうだと考えていたら、楽しくなってイメージが沸いたんです。いろいろと集めてつくりました。窓ガラスの灯りとりは、僕が飲み干したジャックダニエルの瓶です。ちなみに『北の国から』シリーズは、１４００本のジャックダニエルと46万本のマイルドラークで書きました。

両陛下が富良野へ

僕は以前、皇居のお座所に招待されたことがあるんです。坂下門から入ると、巨木がたくさん立っていて、照明もほとんどない。夜8時ぐらいでしたが、真っ暗でした。要所に人はいますが、東京とは思えない闇です。

伊勢神宮も見たことがありますが、あそこもすごかった。建物だけでなく、衣食住のすべてがです。毎朝、火を起こすところから始まりますが、今もマッチすら使わずに木と木をこすり合わせて摩擦の熱で火を起こす。それを１５００年変わらず毎日続けています。あらゆるものが目まぐるしく変化するこの世の中で、日本にはものすごく貴重な文化があると思います。

僕が皇居に招待されたのは、その前に天皇皇后両陛下（現在の上皇と上皇后）が富良野の僕の家に来られたので、そのお返しで呼んでくださったんです。うちには立派な部屋もないですし、護衛するSPの方が控える場所もないので、最初は丁寧にお断りしたのですが、「お友達を呼ぶつもりで」と言われました。

両陛下の車が到着した時、僕もお迎えに出ましたが、下げた頭が上げられなくなってしまった。侍従長から「もう頭上げてください」と言われたくらいでした。陛下は玄関で脱がれた靴を、ご自身で膝をついて向きを変えられました。お帰りの際も、スリッパから靴に履き替えた後でスリッパの向きをきちんと直してらっしゃいました。失礼な言い方ですが、お作法の家元のような方で、恐れ入ったというのが正直な感想です。

わが家には、森を見るための小さな部屋があって、両陛下をそこへお通ししようと考えました。ただ、その部屋に行くには階段を上がって食堂を通らなければなりません。そのルートは恐ろしく生活感に溢れていて汚いんです。

そんなものをお見せできないので、仕方なく玄関からその部屋までロウソクで道をつくり、森の中にもロウソク３００個をばらまいたんです。これで、照明を消せば余計なものはお見せしなくて済みます。部屋にお通しすると、両陛下は大変喜んでくださいました。

その時にすごいと思ったのが、ＳＰがまったく姿を見せなかったことです。皇宮警察と警視庁、北海道警察で２千６百人態勢の警備です。もちろんＳＰも家の中に４人ぐらいいたらしいのですが、僕らの前には絶対に顔を出さなかった。見事に存在を消していました。

それで、狭い部屋で両陛下と斜め向かいになっていろいろとお話をさせていただきましたが、僕はつい足を組んだり、股が開いてしまったり。陛下と違ってお作法ができてないのです。すると、向こうにいる妻から、足を降ろせ、閉じろとジェスチャーで、すぐにチェックが入りました。

こんな経験ができたのも、実は『北の国から』がきっかけで、お嬢様の黒田清子さんが、このドラマの大ファンだったのです。黒田さんもうちや富良野にも何度か遊びにいらっしゃいました。ご結婚された今でも、僕が東京で舞台をやると、自ら電車に乗っていらしてくださいます。

終わりたくなかったドラマ

富良野に来て40年以上が経ちます。地元住人の善雄ちゃん（仲世古善雄さん）とチャバ（茶畑和昭さん）と仲良くなって、何しろよく遊んでいました。

『北の国から』を書く時に、「麓郷」という地名を出すかどうか悩んで、2人に相談したことがあります。当時、富良野にはスキーのイメージしかなく、街の中も含め観光地と呼べるようなところもありませんでした。

そこに観光客が大勢やって来たら迷惑がかかるのでは、と心配になったのです。善雄ちゃんが「この過疎の町に人が来てくれるのはありがたい」と言ってくれたので、そのまま地名を出したのですが、予想をはるかに超える人がやって来ました。

冬には車が次々と雪にはまって、農家の人が助けてあげたり、夏休みは1日1万人を超す人で大騒ぎになったり……。町の商工会の人たちまで「富良野にこんなにいいところがあったのか」と車を連ねて見物に来たこともありました。

善雄ちゃんの土地もずいぶん借りて撮影しています。彼は土地持ちで、麓郷の森もそうだし、「石の家」が建っているところも「拾って来た家」がある場所もそう。自由に使わせてくれました。富良野市は結局、何もしてくれなかったですね。あのドラマは善雄ちゃんのお陰でできたようなものです。

富良野駅のそばにあった「北の国から資料館」も、善雄ちゃんが個人で農協の倉庫を借りてくれたんです。そこに僕の資料や、フジテレビが河田町からお台場に引っ越す時にもらった機材や小道具を展示しました。その資料館を運営してくれていたのも彼です。

２０１６年に閉館になりましたが、『２００２遺言』でドラマが終了してから10年以上経っても、まだまだ来てくれるお客さんはたくさんいました。本当によく続いたと思います。このドラマは、年月を経て見るとまた違う見方や感動があるとよく言われますが、僕はそういう発見がすごく大事だと思います。あれだけの資料が揃っていますから、またいずれどこかで活用したいと思っています。

作家としては、長い年月をかけて登場人物を書くことは、とても面白いです。様々な事情で『北の国から』は幕を閉じましたが、僕自身は本当は終わりたくなかった。

ライフワークとして一生書き続けようと思っていました。

演出の杉田（成道）は、スタッフの高齢化をやめる理由に挙げていましたが、五郎さんや純や蛍がいなくては無理ですが、スタッフは新しい人に変えられます。要するに、杉田自身がやる気をなくしていたんでしょう。

邦さんはやる気がありましたけど、吉岡は続ける気がなかった。そういうふうに段階的にいろんな人の意欲がなくなっていったんですね。

そういう意味では、地井が亡くなったこともとっても大きかったと思います。大滝さんも亡くなりました。岩城の草太は僕が殺してしまった。あれは実に大きなミスでした。もし新たに脚本に生かすとしたら……シュウちゃんかな、とも思っています。

実は以前、新しく書きかけた話もあるんです。蛍の息子の快くんが、家出して五郎さんに会いに富良野に来るというストーリー。五郎さんはうれしくて狂喜してしまう。純たちレギュラーは登場しなくて、ただひたすらおじいちゃんと孫の話です。〝はじめてのおつかい〟みたいな感じですね。

残念ながらドラマ化は実現しませんでしたけど、五郎さんたち一家はいつまでも僕の頭の中にいますし、いつでも復元ができます。

第三章

東京を離れて見えた物語

「6羽のかもめ」「前略おふくろ様」「りんりんと」「幻の町」「うちのホンカン」「浮浪雲」

テレビ局の内幕を暴露

僕は脚本家として、ドラマには本読み（台本の読み合わせリハーサル）が必要だと考えています。シナリオという活字の上だけではどうしても表現しにくいことがあります。シナリオはいわば〝寝ている〟ドラマ、それを〝起こす〟のは演出家であり役者ですが、その起き上がり具合が時々、とんでもない方向に行ってしまって、台本全体が崩れてしまうことがあるんです。だからその〝起き方〟をチェックする必要があるというわけです。

僕が東京から北海道に来るきっかけになったＮＨＫとの喧嘩も、この本読みが一つの原因でした。僕の存在がうっとうしかったんでしょう。本読みが終わって僕が帰ると、ディレクターが「では、作家が帰ったから本を直します」と言って勝手に変えてしまうんです。もちろんその話は現場の役者から僕に伝わります。さんざん抗議したのですが、溝は深まるばかりでした。

舞台となった大河ドラマ『勝海舟』（1974年）は、主演の渡哲也さんが病気で途中降板し、松方弘樹さんへ交代するなど当初からハプニング続きでした。その上、当時NHKでは労働組合の力が非常に強く、ロケ一つするにしても労働分配で労組にお伺いを立てねばならないような状況でした。喧嘩の原因を簡略化して言えば、僕らのようにモノをつくろうという人間と、「和を以て貴しとなす」というサラリーマン的な人たちとのぶつかり合いだったと思います。

そうした中で起きたディレクターとの揉め事にNHKの上層部が介入してくれたのですが、そのディレクターが組合員だったため、「管理職が外部の作家に忖度して組合員をないがしろにした！」と組合に訴え出たのです。さらに、僕が取材を受けたある女性週刊誌の記事が問題になった。記事自体は僕もチェックしてNHKに対する批判部分を直させたのですが、新聞広告の見出しに出てしまったのです。「倉本聰氏、『勝海舟』を内部から爆弾発言」というタイトルは大問題になり、僕は謝罪したのですが、結局20～30人の職員からつるし上げられました。

あの時の屈辱と口惜しさを僕は一生忘れません。ようやく解放され、NHKを出た時、ふいに涙がこぼれました。サングラスで目を隠してタクシーで羽田に向かい、気付いたら千歳空港（北海道千歳市）にいました。もちろんカミさんも東京に残して単身です。１９７４年6月17日、39歳のことでした。

テレビの世界でやっていくのはもう無理だろうと思い、シナリオライターも諦めてトラックの運転手になろうと考えました。飲み屋で「ここら辺りはタクシーではなく、トラックの運転手が一番儲かる」と聞いたからです。それで札幌の教習所に行ったその日に、東京からフジテレビの人たちが僕を探し出して来て、「どうしても書け」と言うんです。

それで書いたのが、第一章でも少し触れた『6羽のかもめ』（１９７４年）です。「テレビの悪口をうんと書いていいか？」と聞いたら、「どうぞ、どうぞ」と。僕もどうせ干されたと思っていましたから、この際何でも書いてしまおうと思いました。当時のフジテレビは「振り向けば12チャンネル（テレビ東京）」と言われていて、視聴率が伸び悩んでいた。野放図だったから企画も簡単に通ってしまったようです。

ストーリーは、加東大介さん演じる劇団マネージャーがほかの役者たちと退団してテレビの世界に飛び込むという内容でした。そこで見たテレビの世界の内情を次々と暴露していったわけです。

撮影はバタバタでしたね。僕は昔も今も書くのがすごく速いのですが、これは発注がギリギリだったので、放送の2週先を書いているような感じで、いつも追われていました。だから、オンエアを見て中条静夫さんが面白いと思ったら、その役を立てたり、長門裕之が良くないと感じたら出演を減らしてしまったり。それで役者側から文句が出るから、余計に現場は混乱です。ヤケになって、最終回では山﨑努さんにこんなセリフも言わせました。

「あの頃は良かった、今にして思えばあの頃のテレビは面白かったなどと、後になってそういうことだけは云うな。お前らにそれを云う資格はない」

よくぞ書いたと思いますが、この姿勢が今の『やすらぎ』シリーズへとつながっているのだと思います。おまけに『6羽のかもめ』はもっと過激で、僕は実名を出して、テレビ局の重役が女を囲っているとまで書いたんです。後でその重役に呼びつけられて、「これ誰だかわかるじゃないか！」と一晩中怒鳴られました。

ところが、この作品がギャラクシー賞を取ってしまったんです。ただ、僕は大河ドラマを「病気で降板」ということになっていたので、倉本聰ではなく別のペンネームを使っていた。それも親交があった渡哲也の奥さんの名前「石川俊子」で、奥さんから後で怒られました。テレビの世界もハチャメチャでしたけど、僕もハチャメチャでした。

ナレーションスタイルの始まり

『6羽のかもめ』で、僕の脚本家人生は終わりだと覚悟していましたが、同じフジテレビで若尾文子さん主演の連続ドラマ『あなただけ今晩は』を手掛けた後、日本テレビ系で萩原健一さん主演の『前略おふくろ様』（1975年）が始まりました。

僕はテレビ局よりも役者から「何か書いてほしい」と言われることが多いのですが、局もスター俳優を使いたいので僕に仕事が回ってくるわけです。個人的に様々な役者と深い付き合いがあったのも、本人と付き合う中でリアリティーをもって役を書き込んでいきたかったからです。『前略おふくろ様』や高倉健さんの『あにき』（1977年／TBS）も、そういう関係性の中で生まれたドラマです。

ショーケン（萩原）とは『勝海舟』が最初でした。人斬り以蔵こと岡田以蔵の役でしたが、彼は発想がすごく斬新で面白かった。「ちょっとゲイっぽい雰囲気を出したい」と言うんです。それで藤岡弘、さんが演じた坂本龍馬の脇に座って、着物を縫う針仕事をしながら、自分の頭に針をちょちょっとやって脂をつけたり。そういう芝居を本当に楽しんでやっていました。

その後、『傷だらけの天使』（１９７４年／日本テレビ）でブレークして、「何か一緒にやりたいですね」と言われて書いたのが『前略おふくろ様』です。『傷だらけの天使』で彼のアウトローなイメージが世の中に浸透していたので、僕が「次はうんとカッコ悪いヤツはどうか」と提案するとノッてきました。「板前の役だから職人刈りだよ」という注文にも、すぐに長髪をバッサリ切ってくれた。潔いんです。このドラマは、そういう彼の芝居に対する姿勢と演技センスが見事に光った作品だと思います。

『前略おふくろ様』の題名は、ショーケンの「前略おふくろ」という歌からです。あまりヒットはしませんでしたが、とてもいい歌詞だったので、そのままのフレーズで始まるストーリーをイメージしました。

東京で板前をしている主人公のサブが、山形にいる母親に手紙を書くところから始まります。サブは8人兄弟の末っ子。おふくろのことが大好きで、おふくろもそんなサブがかわいくて仕方ないんです。

サブは下町にある料亭「分田上《わけたがみ》」の三番板前で、彼の上には板長や女将、鳶《とび》の連中といった頭の上がらない人間をたくさん置きました。実を言うと、これは東映の任侠映画で高倉健さんがやったパターンなんです。

健さんの役は、石原裕次郎さんのようなヒーローではなくて、常に親分に義理立てする忠誠心厚い子分です。そこで、サブにも、頭の上がらない親分のような人間を〝重し〟のように大勢置くことで、彼自身が光るのではないかと考えました。

サブがナレーションも務めていますが、これは僕ら日活出身のライターにとっては禁じ手でした。昭和の日活を支えた江守清樹郎さんという大プロデューサーがいて、彼は映画をつくる時にナレーションと回想は卑怯だから使ってはいけないと言っていたんです。それが暗黙の掟でしたから、僕もずっとやったことがありませんでした。

しかし、山田太一さんのドラマ『それぞれの秋』（1973年／TBS）で、息子役の小倉一郎さんがナレーションをしていて、それがとても良かったんです。また、この頃、僕は健さんと仲良くなり始めていて、無口な人というのは心の中では見た目と全然違うことを考えているかもしれない、なんて思い始めていたんです。それでサブも、山形から出て来た口数の少ない青年にしました。内に秘めた声をナレーションにしたら面白いと思ったわけです。

あの口調は、僕がニッポン放送時代にやった『裸放浪記』の山下清の訥々とした語りもベースになっていて、そのスタイルが『北の国から』の純のナレーションにも連動しているんです。

ドラマの最後に役者やスタッフの名前が流れるエンドロールでも、初めての試みをしました。『北の国から』や『やすらぎの郷』の最終回では、ドラマに関わった全員の名前を入れましたが、それを最初にやったのが『前略おふくろ様』です。役名も肩書きもなしで、あいうえお音順。だから僕の名前は「く」のところで出るし、八千草薫さんは最後の方の「や」です。

『北の国から』の時はもっと激しくて、お世話になった富良野の人たちの名前も全部載せました。ドラマをつくっているのはメインの役者や演出家だけではないという思いからです。

リアルさを追求した板場

僕は『前略おふくろ様』の本読みで毎週、札幌から東京に通っていました。その後は役者たちと飲んで、それから渋谷にある知り合いの料理屋に顔を出す。夜中の3時ぐらいまで飲んで、そのまま店の親父と一緒に築地の魚河岸へ行くんです。

板前のドラマを書くわけですから、買い付けに付き合うだけでも大変な勉強になりました。それが終わって6時ぐらいに河岸の中で寿司を食べて、そのまま羽田から札幌へ戻る。それを毎週やっていました。

板長役の梅宮辰夫さんは当時、東映映画の『夜遊びの帝王』（1970年）などの「帝王」シリーズに出ていて、「銀座の帝王」とか「夜の帝王」とか言われていました。でも実際は男っぽいですから、寡黙な板前のカシラみたいな役をやったら面白いとずっと思っていました。本人に話すと、料理が大好きだと言うし、すぐにノッてきました。撮影には自分の包丁を何本も持ってきて、ものすごい勢いで魚を捌き始めました。この頃からプロ顔負けでしたね。

ショーケンはプロの料理指導を受けていましたが、もともと器用なので串の刺し方などの細かい演技でも、すぐに覚えてしまいました。僕も料理屋はものすごく勉強していたので、このドラマは徹底して板場がリアルだったと思います。

料亭「分田上」は深川にある設定で、ちょうど深川で高速道路を通すために立ち退き問題が出ていた頃です。僕は町が変わっていくことにすごく興味があって、ドラマにも立ち退き問題を入れたんです。

『前略おふくろ様Ⅱ』（１９７６年）では場所を移して「川波」という料亭にしました。女将の丘みつ子さんと大女将の北林谷栄さんを代えて、女将は八千草さん、その娘を木内みどりさんにして雰囲気を変えました。

室田日出男さんや川谷拓三さんが鳶の役でしたが、当時は貯木場の木場があって、川に浮かべた木材に乗っかって作業をする「川並鳶」という鳶もいたんです。タイトルバックの滝田ゆうさんの絵にはそういう深川のムードが醸し出されていました。

２つのドラマには市川森一さんや金子成人さん、高階有吉さんも脚本で参加しています。このドラマは本の仕上がりと撮影がかなり切羽詰まっていたんです。ちょうど市川が脚本家として出て来た頃で、金子と高階は僕の内弟子でした。2人も世に出してやろうという思いで教えましたが、実際は僕がほとんど書いていました。こちらが夜中に一生懸命しゃべって金子に口述筆記させていたら、途中で寝てしまうこともあって、「誰のためにやってると思ってんだ!」と、台本で頭を叩いたこともあります。

人はギャップがあるから面白い

桃井かおりさんは向こうから懐いてきました。一緒に酒を飲んだりして僕も彼女のことをずいぶん研究しました。それで書いた役が、サブのはとこの海です。突拍子もない女です。最初はかおり自身も戸惑っていたけれど、すぐに役をつかみました。ショーケンはもちろんですが、このドラマは、彼女に支えられた部分も大きかったと思います。

室田や川谷はもともとピラニア軍団という東映ヤクザ映画の斬られ役集団の一員で

した。室田は『6羽のかもめ』でヤクザ役で使ったんです。すると、「ホンモノのヤクザをテレビに出していいのか！」という抗議がテレビ局に来るほどのリアリティーがありました。

その室田が紹介してくれたのが川谷です。『前略』で室田は〝鬼の半妻〟と呼ばれる鳶の小頭役で、喧嘩っ早いがマザコン。川谷も気性の荒い鳶ですが、かおりが演じる海に振り回されるという役です。

悪役のイメージが強い役者に、どこか弱みのある人間を演じさせると愛敬が出て面白いと思うんです。ただ、そういう人間一人ひとりの隠れた味にしても、やはりある程度放送が長くないと出にくいです。お客さんも長い時間付き合いながらその弱みを発見して、そこに親近感や愛着が沸くわけですから。

『北の国から』で古尾谷雅人さんが演じたトラックの運転手も、純はガラが悪くて怖そうな人だなと思っていたのに、泥のついた1万円札に親父の苦労を感じて「俺には取れない」と言う。まさかこの人がそんなことを言うのかというギャップを感じてしまうのです。

僕もタクシーに乗った時、強面な運転手で嫌だと思っていたら「だいぶ、お暑くなりましたね」なんて優しく言われると、変に感動してしまいます。そういうコミュニケーションから生まれる面白さは好きですね。

この当時の僕は、埋もれた役者を見つけてくるのが好きでしたし、役者のあまり知られていない一面を役に生かすのが本当に好きでした。

『前略』にはゲストも多かったのですが、すごく印象に残っているのが安藤昇さんです。会社が倒産した日に自分の娘が結納を交わすという話で、安藤さんの芝居がしびれるくらい良かったです。

それまで僕は安藤さんと付き合いはありませんでした。ただ、出ている映画は何本か見ていましたし、映画のプロデュースもされていたので一度お願いしたいと思っていたんです。実際に男っぽくて、目も鋭いからちょっと近寄れないくらい迫力がありました。

一方でこの作品は、北林さんや八千草さんをはじめ、日本の伝統的な習慣や所作、着物の着方なんかをきちんと知っている人が出演していたのも良かったと思います。川谷のおふくろさんは女優ですが、東映の着付けのプロでもありました。現場がそういうところに神経質になったからこそドラマが締まったと思います。そんな中でショーケンがハッピ姿にさり気なくマフラーを巻いたりする。ちょっと新しさも出るから若い人たちに受け入れられたのではないでしょうか。

富良野塾の初期の塾生はショーケンのファンが非常に多くて、みんなマネしてボソボソしゃべるので困りました。

喜劇は本当に難しい

最近、僕の書くものはセリフが多いと言われます。確かに『前略おふくろ様』の頃は少なかったのですが、それは僕が役者の演技を信じていたからだと思います。

本当はセリフを書きたくないぐらいなんです。人間のインナーボイスを、間とか表情とかのアクションで表現してくれたらそれが一番いい。断然面白いドラマができると思います。

しかし、それができたのはショーケンや松田優作さん、原田芳雄さんくらいまで。最近の人はできません。若い俳優に限らずです。演出家やカメラマンも含め、セリフやト書きでいちいち書いてあげないと表現ができなくなっているように感じます。その上、書いたら書いたで、笑えるシーンを「自分が笑わす役だ」と役者が変に意識してしまったり、「ここで笑わそう」と演出家が張り切ってしまったりするんです。そういう余計なことを考えず大真面目にやってくれれば、見ている方は自然に笑えるんですけどね。

喜劇は本当に難しいです。喜劇ほど難しいものはないと思います。これまで何十本、何百本と撮ってきましたが、完全に成功した試しはありません。その中でも一番成功したのが『前略おふくろ様』だと思っています。

僕もしつこいぐらいリハーサルに付き合いましたし、何度も現場に口を挟みました。ショーケンをはじめ、かおりや室田、川谷らは確実にこちらの意図を理解してくれました。当時は僕にもそのパワーがあったし、役者もそれを受け入れる熱意がありました。現場はトラブルや揉め事が多くて、今の時代からすればだいぶ混乱していたかもしれませんが、本当に役者に支えられたドラマだと思っています。今、振り返ってもキャスティング勝利のドラマです。

ショーケンのような破天荒というか無頼型の役者が、昔は結構いました。勝新太郎さんがそうだし、六代目（尾上）菊五郎さんもそうだったかもしれない。その上、ショーケンは普段からすごくアンテナを張って吸収していました。

石田えりがショーケンのことを語った言葉が、今もすごく頭に残っています。「私、初めて背中でナンパされた」って。バーのカウンターにショーケンが座っていて、まったくこっちを見ないのに、明らかに彼女を意識して誘っているんだそうです。どうやってやるのか、アイツに聞いてみたかったです。きっと男の寂しさだとかいろんなものを背中に漂わせていたんだと思います。

残念ながら、彼は２０１９年３月、68歳の若さで亡くなりました。20年ぐらい会っていませんでしたが、テレビで亡くなったニュースを見て驚きました。人間的にはいろいろなことを言う人もいましたが、役者としては本当に天才でした。

おふくろと田中絹代さんの死

ショーケンのおふくろ役を田中絹代さんにお願いしたのは、『りんりんと』（１９７４

年／TBS）の母親役がものすごく良かったからです。これは僕がおふくろを亡くして3日後に書いた作品で、3日間で書き上げました。絹代さんは、まるでおふくろが憑依《ひょうい》したようでした。

ただ、『前略おふくろ様』で絹代さんにお願いした時、本当は体調があまり良くなかったんです。「少しなら」ということでしたから、サブの母親は山形の蔵王で暮らしている設定にして、時々出てもらったんです。蔵王は、僕がその近くの上山という町に学童疎開をしていて、あの辺に土地勘があったからです。

後で知ったのですが、その時、絹代さんはすでに肺がんが進行していたようです。具合があまり良くない時は、「ナレーションだけ出して」とご自分からおっしゃいました。僕がタクシーで病院に迎えに行って日テレまで送ったこともあります。その時、うちのおふくろのように躁鬱《そううつ》の症状が出ていたんです。躁状態の時はとにかくよくしゃべって内容が支離滅裂なこともありました。

『前略おふくろ様Ⅱ』の放送も終盤になった1977年3月、僕は映画監督で絹代さんの遠い親戚でもある小林正樹さんから「来てほしい」と連絡をもらい、すぐに札幌から駆けつけました。

絹代さんは順天堂病院に入院していて、小林さんが言うには「実はもうダメなんだ」と。真っ青になりました。というのも、僕はシナリオで「おふくろ様」が亡くなるシーンを書き上げたばかりだったんです。すでにロケ隊が山形に出ていたから、内容を変更するわけにもいかない。その回の放送日は3月18日で、僕の母の祥月命日が翌19日です。嫌な胸騒ぎを覚えました。

この頃、僕は富良野に土地を買ったばかりで、しょっちゅう富良野を訪れていました。19日も富良野にいて、その日は何事もなく過ぎたのでホッとしましたが、2日後の21日にカミさんから電話があって、「絹代さんが亡くなった」と。

つまり、ドラマで「母死す」とサブに電報が届く回の放送があって、その3日後に絹代さんが亡くなったわけです。それで翌週が最終回の「母の葬儀」の放送です。たまらなかったですね。これはもう因縁みたいなものを感じました。

亡くなった知らせを受けて、僕は鎌倉のご自宅に飛んで行きました。その日は、絹代さんに何十年も付いてきた松竹の大部屋の老優、隼信吉さんと小林さんと3人で、朝まで思い出を語り合いました。

築地本願寺で行われた葬儀は今も忘れられません。松竹の会長を務めた城戸四郎さんなどの偉い人もいっぱいいましたが、会場の外には一般の人も2～3千人集まっていました。その人たちも会場に入れてあげようということになったんです。

お焼香をしてもらうために香炉を増やしたら、煙がもうもうと立ち込めました。その煙が晴れた時に、焼香台がキラキラと光っていたんです。近くに行ってみると、小銭がたくさんあげられていました。

もちろん外に香典の受付はありましたが、一般の人たちですから、そんな用意がない人もいます。きっと誰かが気持ちを込めて、最初にお賽銭のように置いて、同じ思いの人が後に続いたんでしょう。涙が出そうになりました。

そのお金はビニール袋に入れて、お骨と一緒に鎌倉のお墓に埋めました。最高のお葬式でした。この絹代さんのお賽銭のエピソードは、『やすらぎの郷』で八千草さん演じる姫のお葬式の場面で使わせてもらいました。

現代の姥捨てを描く

僕は両親を病気で亡くしましたが、親父もおふくろも、体が弱くなると子どもたちに遠慮し始めるんです。特に親父の時は、僕はまだ高校生でしたが、就職していたアニキにものすごく気を使うようになった。嫌でしたね。親は親なのだから、どんな時も子どもの前では威張っていればいいのにと思いました。やはり生活の面倒を見てもらうという負い目がどこかにあったのでしょうか。僕はそういう親の姿を見るのはたまらなかったです。

その思い出を、『前略おふくろ様』でも書きました。蔵王にいる母親がサブの兄たちに遠慮しているのを感じて切なくなる場面です。「分田上」の女将（丘みつ子）も、気丈だった母親（北林谷栄）が病気になって自分に気を使うようになったことに腹を立てます。僕自身が若い頃に感じたことです。でも、昔の社会にはそういう世代交代というか、世代の移ろいがはっきりあったような気がします。

僕は、おふくろに甘えたことはあまりなかったです。教育ママの面もありましたが、京都のしとやかな人で、家ではいつも和服。洋服を着たことはありませんでした。親父が早くに亡くなってからは、お茶の先生をして家計を支えましたが、感情をできるだけ表に出さないように自分を躾けているところがありました。もちろん人と摩擦を起こすようなことは一切ありませんでした。きっと自分を抑えていたんでしょう。それが認知症の始まりと同時に老人性の躁鬱状態に出てきたんです。

30代の後半、僕の中には、おふくろのことが非常に重くのしかかっていました。躁と鬱が波のように繰り返されて、躁の時はめちゃくちゃなことを言うので一緒に暮らしていてたまらなかったです。

もともと静かな人なのに突然、「あんたの女房はどういう育てられ方をしたんだ！」などと僕に言うようになりました。カミさんが驚いて、実家へ逃げ帰ったこともあります。7年間も一緒に暮らしていたのに、自分はお義母さんにそういうふうに思われていたのかと感じたのでしょう。逆に、鬱状態の時は一気にガーンと落ち込む。もう家庭崩壊のような状態でした。

ちょうど、『わが青春のとき』（1970年／日本テレビ）や『君は海を見たか』

（1970年／日本テレビ）、『2丁目3番地』（1971年／日本テレビ）、『赤ひげ』（1972年／NHK）、『勝海舟』（1974年／NHK）……と書いていた時期です。若い頃の代表作は全部この時代です。だけど、おふくろの面倒を見ていると神経が集中できず仕事になりません。

一度ものすごい躁状態になって手に負えなくなり、埼玉県の赤十字病院に入れました。鉄格子の中です。躁と鬱の間に少し正常な時もあって、その期間だけ車で家に連れて帰る生活でした。それを6年間繰り返しました。

おふくろが亡くなって3日後に書いた『りんりんと』は、生きている間はちょっと触れられなかった〝姥《うば》捨て〟の話です。捨てに行くというよりも、深沢七郎の小説「楢山節考」に出てくるような、老いた母親が自らの意思で死に行く話です。

苫小牧の老人ホームに入ることになった母親を絹代さん、フェリーで送っていく息子が渡瀬恒彦さん。その旅路を描いたドラマですが、絹代さんは、まさにおふくろが乗り移ったような芝居をしてくれました。

「私、ほんとに生きていていいの？」というセリフがありますが、あれは僕が実際におふくろに言われた言葉です。病院との往復の車の中で言われて、まいってしまいました。

「楢山節考」は母親が山の中に入って死んでいく。完全な風葬です。息子は嫌がりますが、母親は自分で捨てられに行きます。悲しい話ですが、僕はむしろ、重くていい話だとも思うんです。日本の家庭の原点だったのではないかとすら思います。老人はもう邪魔になるのだから、この世から去った方がいいという人間社会の原点のようなものを突き付けてみたいと考えたんです。

『りんりんと』では、それをしようとしている母親に、今まで散々冷たくしてきた子どもたちがショックを受けることになる。息子が施設の人から「君は母親を捨てたんだ」とも言われます。

今はだいぶ認識が変わってきましたが、当時は介護施設に入れることは捨てることと同じでした。親の面倒を子どもが見るのは当たり前。高齢化社会でもなく、介護保険もありませんでした。ただ、もしかしたら今も根本は変わっていないのに、複雑化した世の中で理論や言葉を巧みにすり替えてごまかしているだけなのかもしれません。

『りんりんと』は非常にいいドラマだったと思いますが、ものすごく暗かった。テレビをここまで暗くしてはいけないという反省も僕の中にあって、それでももっと明るくしようと書いたのが『前略おふくろ様』です。だからまた、絹代さんにおふくろ役をお願いしたのです。

笠智衆の猥談

絹代さんには、『幻の町』（１９７６年）という北海道放送制作のドラマにも出演してもらいました。ＴＢＳの日曜劇場枠で放送された単発ドラマです。樺太の真岡という場所から引き揚げた老夫婦の物語で、夫役は笠智衆さんでした。２人は真岡の幻影を追い続け、町の地図を完成させようと知人を訪ねて小樽まで足を運びます。

この企画にはヒントが二つありました。一つは、認知症になったおふくろです。僕が、子どもの頃疎開していた岡山の山奥のことを知りたくて、「岡山のうちの周りの地図ってどうだったたっけ？」と聞いたんです

すると、「覚えているよ」と言って、バーッと地図を書き出しました。どんな部落

で、ここに誰々の家があって、と言いながら。それまで元気がなかったのに、目をキラキラさせて話し出しました。今さっきのことも忘れてしまうのに、昔の記憶はこんなにも鮮やかに出てくるんだと思いました。自分が誰かの役に立っているということがうれしくて、それが生きがいにもつながることに僕も気付きました。

もう一つは、僕が行きつけだった札幌の「炉端」という炉端焼き屋の女将さんと姉さんが真岡出身の引揚者で、いろいろと話を聞いていたからです。それで、真岡とおふくろの地図を結び付けました。

笠さんはこの時に70歳を超えていて、「冬の小樽ロケなんてとても行けません」と最初断られたんです。すると、絹代さんが笠さんに直接電話をかけて「何言ってんの！　役者が撮影現場で死んだら本望でしょう」と説得してくださいました。

笠さんにとって絹代さんは雲の上のスターみたいな存在でしたし、ラストにはその絹代さんとのキスシーンもあります。断れなくなって、出てくれました。実際、笠さんはものすごく喜んでくれて、キスシーンの後でスキップしていましたけど、あれは笠さん本人のアドリブだったと思います。

絹代さんは大スターですが、若い女優たちの教育係のようなこともしてきた人です。ただ、新しい言葉をあまり知らなくて、「ナチュラル」を「ナショナル」と勘違いして「あなた、もっとナショナル（ナにアクセント）しなくちゃダメよ」なんて言っていたことを覚えています。

『幻の町』のロケで、桃井かおりが絹代さんに初めて会った時も面白かった。絹代さんがすごい人だかりの中で座って出番を待っていたら、かおりが近づいてきて「大丈夫よ、お婆ちゃん。私がついているからね」って。大スターを仕出し（エキストラ）の人と勘違いして気遣っていたんです。

かおりと笠さんをめぐる思い出もあります。撮影現場でかおりが珍しくしょんぼりしていたら「桃井さん、どうしました？　ホームシックですか？」。あの独特の熊本なまりで聞くわけです。

それでかおりが「いえいえ」なんて答えたら、笠さんはニコニコしながら大きな声で「抱いてやりたいんじゃが、（男として）もう役に立たんのじゃ」。これにはひっくり返って笑いました。ホントにしゃれています。僕もこういうことをサラリと言える老人になりたいと思いました。

笠さんとは、絹代さんが亡くなった後も、ずっと付き合いがありました。本当にとぼけた人で、意外に猥談《わい》もするんです。戦時中、笠さんは、結婚した相手と初夜も過ごさず、満州に連れて行かれたらしいのですが、3カ月ぐらいで解放されて、鎌倉の家に帰って来た。家の中が真っ暗だったので裏に回ったら、奥さんが台所で菜っぱを刻んでいたそうです。

笠さんが裏口の戸をトントンと叩いたら、はっとした顔をして前掛けで手を拭きながらチョコチョコッと出て来ました。「もうあまりのかわいさに、わしはその場で押し倒して一発やりました」って。それで「やり終わってから『ただいま』と言うたら、『おかえり』と言いました」。笠さんの猥談って全然いやらしくない。シブいんです。

笠さんは、もともと住職の息子で、僧侶でした。とても謙虚な方で、撮影現場の行き帰りも電車でした。師事していた小津安二郎さんが亡くなった後、映画『東京物語』のリメイク版『海の見える家』（1971年／NHK）をやりましたけど、あの時の笠さんは特に光っていました。今までの押しつけを全部はずしてやったという感じがしました。映画で原節子さんが務めた役は八千草さん。本当に名作だったと思います。

『幻の町』にはかおりの恋人役で北島三郎さんも出ていました。第二章でも触れたように、北海道はサブちゃん人気がすごいんです。ある時、札幌から小樽の撮影現場までテレビ局の迎えのタクシーで来る予定だったのが、吹雪でなかなか到着しなかった。埠頭でのラストシーンでしたが、それを見ようと観客が2千人ぐらい集まっていました。みんな笠さんや絹代さんにはあまり関心がないようで、サブちゃんが到着すると大歓声が起きました。

それにしてもこのサブちゃん人気って何なのだろう。そう思って、この時の経験をきっかけに付き人をやらせてもらったんです。ドラマの撮影が12月頃で、翌1月には公演の旅について回っていました。

実はこのドラマには僕も出ているんです。舞台に出たことはありますが、テレビドラマは初めてでした。と言うのも、忙しいサブちゃんに強引に出てもらったため、どうしても撮影に来られない日は代役を立てなければならなくなったんです。スタッフに言われて僕が衣装を着てみたら、みんな「そっくりだ！」。だからドラマの中で小樽の町をさまよっていたサブちゃんの後ろ姿は僕です。

これには後日談もあって、当時の朝日新聞の批評に「町をさまよう北島三郎の後ろ姿に男の哀愁がある」と書かれました。

お年寄りの役割

おふくろと絹代さんの死を経験して以降、高齢化社会の問題や社会の仕組みを、身近なことと結び付けて考えることが増えました。

例えば、おとぎ話。「むかしむかし、あるところにお爺さんとお婆さんがいました」から始まります。「お父さんとお母さんが」ではありません。これはなぜかと考えると、子どもというのはお爺さんやお婆さんに預けて育てられるのが普通だったからではないでしょうか。

親は出稼ぎに行ったり、畑仕事や家事をしなければならない。祖父母は代を譲って時間に余裕があるし、孫をかわいがるから、そこに預ける。これが日本古来の姿だったのです。

しかし今は核家族です。若い夫婦は教育方針の違いかどうか知りませんけど、孫をお爺さんやお婆さんにあまり会わせたがらない。ましてや面倒なんか見てもらわない。お年寄りたちはすごく孫に会いたいと思っているんですけどね。

本当はお爺さんとお婆さんに孫の面倒を見させるのが一番いいんです。お金もかからないし、頼める人が両家で４人もいるんです。それをシャットアウトしておいて、自分たちでは持て余した上に保育園に入れたりする。だから、子ども手当とか待機児童の問題などが出てくるんです。ものすごくナンセンスだと僕は思います。

おとぎ話の話に戻りますが、お年寄りが「むかしむかし……」と話をしながら孫を寝かしつけます。「桃太郎」は誰もが知っている話ですが、桃はどうやって流れて来たか、実はいろいろな説があるんです。

何人かに聞くと、「どんぶらこっこ、どんぶらこっこ」と「どんぶらこ、どんぶらこ」の両派がいる。ところが僕は違う。僕が子どもの頃に聞かされたのは「どんぶらこっこ、すっこっこ」です。これ、同じ話なのに不思議ではないでしょうか。

考えてみたのですが、住んでいる地域の川の大きさじゃないかと思うんです。「どんぶらこ」はわりと幅の広い大河をゆったりと桃が流れてく。「どんぶらこっこ」はもう少し川幅が狭くて流れも速い上流域です。

僕の住んでいた辺りはたぶん山の中の渓流で「どんぶらこっこ、すっこっこ、どんぶらこっこ、すっこっこ」って桃が見え隠れしながら流れていた。その土地ごとに自然と違いが出てくるのではないでしょうか。それでお年寄りはだんだん面倒くさくなって途中で眠くなるから、「めでたし、めでたし」で適当に話をまとめて終わりにしていたのかもしれません。

ところが、少し前に秋田県の北秋田辺りに行ったら、そういう昔話の本があって、最後は必ず「とっぴんぱらりのぷー」で終わっているんです。「めでたし、めでたし」じゃない。「とっぴんぱらりのぷー」なんて初めて聞きました。何なのだろうと思ってタクシーの運転手に聞いたんです。すると、「ここらじゃ全部、とっぴんぱらりのぷーで終わります」と言うのです。同じ昔ばなしでも、地方によっていろいろと違いがあります。

この「とっぴんぱらりのぷー」は、『やすらぎの郷』のミッキー・カーチスのセリフで使いました。

ＵＦＯを見た警察官

北海道を舞台にしたドラマでは、『うちのホンカン』シリーズ（１９７５年／ＴＢＳ）も書きました。こちらも単発の日曜劇場枠ですが、81年まで6回のシリーズになりました。

警察官というと、僕らはこういう人だと型にはめて思い込んでいる節があります。ただ、警察官も生ゴミの収集日に間違って別のゴミを出して隣の奥さんに叱られて謝ることもあるかもしれない。そんなふうに、職業を離れて人間の部分で見せたいと思って書いた作品です。警察ドラマは昔からたくさんありましたが、これはそういう括りとは全然違う意図です。

発想のきっかけは、ＨＢＣ（北海道放送）で森町にＵＦＯが出たというニュースを見たことです。ＵＦＯは交番の前がよく見えるらしく、そこの警察官も見たというのでリポーターがマイクを向けるんです。しかし、警察官という立場上、「ＵＦＯはいます」と言ってはいけないと思っているらしいんです。

そこで、「私は確かに見ました。こうキュッキュッと飛んで、明らかに通常の飛行物体ではない。い、いえ、UFOとは私は申しませんが」などと、しどろもどろになってしまったやりとりが実におかしかったのです。その矛盾を書きたいと思って、現地に行ってみたんです。本当にすごくマジメな巡査でした。

俳句をやっていて、飾っていたのが「U、F、O、目は天空に顎《あご》悲し」という単に顎が疲れてしまうだけの俳句。その人がすごく面白かったので、そのままUFOのエピソードを1作目に使うことにしました。

当時、僕は道警本部長と知り合いでした。警察官のドラマに協力してもらおうとすると、内容に関して警察のチェック体制がすごく厳しいこともあります。ただ、それをやられると、警察官の本当の日常生活なんて書けません。だから本部長に「あなたの権限で何とかしてくれませんか?」とお願いしたら、「任せてくれ」と。それで好きなように書けましたし、交番まで使わせてもらいました。

住民が交番の前で「警察官の横暴!」なんてやる場面も平気で撮影できたし、撮影中の交通整理まで警察が全部やってくれた。今では考えられませんけど、非常に豪快で市民思いの本部長でした。

主演のホンカン役は、当時、脇役専門だった大滝秀治さん。奥さん役が八千草薫さんで、娘役が仁科明子さん（現・亜季子）。女性2人が華やかでバランスは悪くないと思ったんです。ホンカン役に決まった時の大滝さんの喜びようはすごくて、「え！八千草さんが私の奥さん！」と張り切っていました。撮影の1週間前から現地に入って、警察官の格好をして交通整理までしていました。初めての主役ということもあって本当に入れ込んでいましたね。大滝さんは集中力というか思い込みが非常に激しい人なんです。

上品なイメージの八千草さんのセリフを普通の主婦の言葉遣いにしたことも、このドラマが成功した一因だと思います。「ＵＦＯだよ」とか「そうなんだよね」とか。八千草さんとは長い付き合いですが、言葉はいつも丁寧なので、そういう言い方はあまりしないんです。でも、結構おっちょこちょいなところもあって、そういう魅力を引き出せないかなと思ったんです。本人も「面白いわ」とすごくノッてくれました。どこの旦那を立てているようでいて、実際は意外に言いたいこと言っている奥さん。どこの家庭もこんなものじゃないでしょうか。

大滝秀治の集中力

このドラマに出てくる寿司屋のエピソードも、実際にあった事件です。僕もよく知っているいい寿司屋なんですが、ある日、そこの大将が警察に捕まってしまった。しかも泥棒です。ものすごく良心的な人で、水曜日は住民奉仕デーのような形にして、とても安い値段で寿司を出していました。だからみんな喜んで通っていたのですが、実は火曜日に漁港の倉庫に忍び込んで魚を盗んでいた。それを翌日に安く出していたことがバレて捕まってしまったんです。

ただ、地元の人たちは「あいつは市民に還元していたんだから、義賊である。鼠小僧《ねずみ》なんだ」という思いで嘆願書を書いて、すぐに釈放されました。それからさらに人気を呼んでビルまで建ててしまったんです。なんか北海道らしいなと思って、その事件をネタに6作目の厚田編『ホンカン仰天す　うちのホンカンPARTⅥ』（1981年）を書きました。

大滝さんの面白いエピソードはたくさんあります。撮影中、僕が控室に呼びに行くと、大滝さんは重ねた布団に寄りかかって、一点を見つめている。すぐ近くまで行って「大滝さん、大滝さん」と呼んでも、全然返事をしてくれない。セリフを覚えていたのか、何かを考えていたんでしょう。指は動いていても、まったく反応しない。仕方なくそのまま帰りました。後で「さっき行ったのに、全然返事してくれなかった」と言ったら、すごく驚いて「え？　え？　あんた来た？　来たの？　知らない」。それぐらい集中するんです。

これは聞いた話ですが、劇団民藝の地方公演で浜名湖に行った時に、誰かが「ここはウナギの養殖で有名だ」と言ったら、大滝さんが大真面目に「ウナギって洋食なの？　和食じゃないの？」と。とにかくおかしな人です。思い込みが激しいからすぐにカッとなって、血管が破裂するんじゃないかというくらい興奮することもありました。僕はあの人のお葬式で弔辞を読みましたけど、弔辞で参列者を笑わせたのは初めてでしたね。

その一方で、本当に子煩悩な人でもありました。娘さんが幼かった頃の話もよく聞かせてくれて、幼稚園で覚えてきた「朧月夜」を、帰りのバスの中で大きな声で歌い出したって話は面白かったですね。娘さんが「♪菜のは～な畑にい～り～日薄れ～」って自分で歌って、「はい！」って前の人を指すんだそうです。それでまた自分で続きを歌って、別の人に「はい！」。みんな指されないようにうつむいてしまって車内がパニックになってしまった。それでも最後まで歌ったらしいです。大滝さんが僕に「ね、うちの娘、ホント素敵でしょう？」。大笑いしてしまいました。

大滝さんとは「ホンカン」シリーズのほかにも、同じ日曜劇場枠の『ばんえい』（１９７３年）や『スパイスの秋』（１９７８年）など、たくさんご一緒しました。どの役も、その人がどういう育ち方をして、何を大事にして生きてきたという履歴をとても大事にする人です。

僕がよく言う「樹は根に拠って立つ　されど根は人の目に触れず」の〝根〟の部分です。僕は大滝さんからシナリオの書き方をずいぶん学びました。

喧嘩別れした渡哲也

原作ものはいくつかやりましたが、一番書きやすかったのは『浮浪雲』（１９７８年／テレビ朝日）です。雲とかめさんと新之助、この３人のキャラクターが実によくできていて、詳細に書かれているんです。

特に雲のつかみどころのなさは、しっかりと描かれていました。だから物語を進めると登場人物が勝手に動き出すんです。劇画をシナリオにしたのは初めての経験でしたが、原作のジョージ秋山さんはすごい人だと思いました。僕は、渡哲也と桃井かおりでやりましたけど、その後、ビートたけしさんと大原麗子さんでもドラマになっています。

主人公を渡に決めたのは僕です。渡とは『勝海舟』が最初で、その後、『大都会―闘いの日々―』（１９７６年／日本テレビ）をやって３本目にあたります。

僕が北海道へ移るきっかけとなった『勝海舟』で、彼は病気になって途中降板してしまいます。本読みをめぐって僕がディレクターと揉めていた頃です。39度くらいの熱がずっと出ているのに、ＮＨＫは彼に休めと言わない。まだ撮影が始まったばかりで、中止したくなかったのでしょう。僕が幹部に直言したため大騒ぎになって主役交代になりました。

この時、代役として選ばれたのが松方弘樹で、当時、映画『仁義なき戦い』（１９７３年）で大活躍中でした。松方を東映の岡田茂社長を通じて口説いたのも僕なんです。ＮＨＫでは伝手《つて》がなく無理でした。にもかかわらず、ああいう結末で僕まで降板してしまうとは夢にも思っていませんでした。

そんな因縁もあって僕は渡とは、ずっと仲が良かった。世間が持っている彼のイメージと言えば『西部警察』（１９７９年／テレビ朝日）のハードボイルドな感じかと思いますが、実際は『浮浪雲』の雲に限りなく近い。できれば何もしたくない男なんです。好きな焚火だけして、じーっとしていたいタイプ。たぶん本人もこの役を気に入っていたと思いますよ。「おねえちゃん、あちきと遊ばない？」なんていう要素も当時の彼の中にはありましたね。

ただ、コマサの愛称で知られた石原プロの小林正彦専務は台本が気に入らなかったんです。チャンバラがありませんから。「もっとバッタバッタ斬り殺さなあかんよ」と言っていました。僕は「それは違う。『浮浪雲』はそれがないから成立しているんだ」と突っぱねました。

しかし、NHK大河ドラマ『黄金の日々』（1978年）の裏番組だったこともあり、視聴率は上がりませんでした。周りの評価は結構良かったんです。ただ、『6羽のかもめ』もそうでしたが、玄人ウケするものは大抵数字があまり良くないものなんです。

コマサがその反動でつくったのが『西部警察』です。あれはとにかくドンパチドンパチ、ドッカーンです。僕はあまり好きではないです。「爆破」と書いておけば原稿用紙2、3枚はいくから楽ですが、書く面白みをあまり感じない。『大都会』も渡の付き合いの中で生まれたドラマですが、あれも最初の頃の台本はもう少し人間ドラマの要素が強かったと思います。

『浮浪雲』はかめさん役のかおりも良かったです。雲の女房役がきれいに収まっていました。この頃のかおりは非常に冴えていましたね。

『前略おふくろ様』も良かったですが、同世代のショーケンには対等の突っ張り方をしていました。しかし、渡という人間にはどうしても位負けしてしまうため、彼女も胸を借りる感じで素直にぶつかっていました。

雲と新之助がじゃんけんの「あっち向いてホイ」で殴り合うところは、何回見てもおかしかったです。ピンク・レディーの歌をうたったり、ギターを弾いたり、時代考証は大幅にデタラメでしたけど、書いていてすごく面白かったです。

渡とはしょっちゅう飲んでいました。彼こそ男の中の男です。佇まいだけでなく、飲み方も生き方も男らしかった。ニヒルさも高倉健さんを超えています。そして石原裕次郎さんをいつも立てて支えていた。渡の裕ちゃんに対する尊敬の仕方は尋常ではなかったです。

ただ僕は、渡とはだいぶ前に喧嘩別れしているんです。本を書く、書かないで揉めたのが原因です。当時、漁師に憧れていた渡が「大間のマグロ漁の話をやりたいから書いてくれ」と言ってきたんですが、すでに彼は病気だったんです。そんな身体で海に出て石原プロ流の過酷なロケをやったら死んでしまいます。何より、僕は『勝海舟』の時の渡をよく知っているんです。

だから「書けない」と断ったら、「俺は死んでもいいです」。それで大喧嘩になってしまった。僕が「長い付き合いだったね」と言ったら「短い付き合いでしたね」と言われました。それからは電話もまったくかかってきません。コマサもできればやらせたくはなかったようでしたが、半分は僕の味方、半分は渡の味方という感じでした。僕は渡を本当に見事な男だと思っていたし、その思いは今もまったく変わりません。

昔の石原プロは面白かったです。裕ちゃんがいて、渡がいて、その下に神田正輝、峰竜太、舘ひろし、寺尾聡もいた。ほかにも若い連中がたくさん集まっていた。酒盛りをすると合唱になって、みんな非常にうまいんです。僕はその様子をビデオで見たことがありますが、「♪清水港の名物は～」と言うと、みんなから「♪名物は、名物は」と合唱の合いの手が入って、「♪お茶の香りと男伊達～」で「♪男伊達、男伊達」と叫ぶ。これが実にいいんです。本当に軍団という感じでしびれました。

石原プロは、ヤクザとの付き合いが一切なかったんです。裕ちゃんがそういうものを嫌っていたし、コマサが体を張って防波堤になって排除していました。その石原プロが制作するドラマはやはりすごいんです。高速道路での撮影なんて、トラック2台をずっと並走させる。その前ががら空きになったところを狙って、ゆっくりと車を走らせてカメラを回すのです。

一番驚いたのは、京都の四条大橋から八坂神社まで、渡が乗ったＶＩＰのクルマがパトカーに先導されて来るんですが、あの四条通から車をすべて排除してしまいました。朝の５時半ぐらいから６分間のことです。もちろん警察の上層部に根回しをしていたと思いますが、若い警察官も『西部警察』で石原プロに憧れている人間が多いから撮影に協力するんです。見学に来た東映の人間が、「どうしてこんなことができるんだ」と驚いていましたね。

渡とはあれ以来逢っていませんが、今も大好きな人間です。

第四章

富良野がつないだ物語

「昨日、悲別で」「ライスカレー」
「風のガーデン」

富良野に呼ばれて来た気がする

札幌から富良野に移ったのは40年以上前で、42歳の時でした。僕が抱いていた農村のイメージとはだいぶ違っていました。

こちらでは畑を10町歩ぐらい持っている人が多く、いわゆる大農法です。1町歩が3千坪ですから3万坪ほどある。うちの塾生が種を植えに行っても、畝《うね》の先が見えない。終わりが見えないからうんざりするんです。

その広さが僕にはとても新鮮でした。南フランスと景色が似ているんです。エクスアンプロヴァンスなども歩きましたけど、すごく似ています。だから両方ともラベンダーが有名なんです。あれは荒れ地にできますから。

僕が来た頃、ラベンダー畑は、『北の国から』のロケでも使った「ファーム富田」さんだけでした。今よりはずっと小規模でしたが、本当にきれいで驚きました。ラベンダーは石鹸などの香料の原料になるんですが、あまり商売にはなっていないと聞いて、こんなに美しいのだから観光資源として宣伝すべきだと言ったことを覚えています。

ちょうど同じ頃、ＪＲがカレンダーでラベンダー畑の写真を使ったり、前田真三さんという写真家の美瑛《びえい》の風景の作品が話題になったりしました。前田さんはあの辺の農家を借りて毎日のように写真を撮っていて、僕も何度か顔を合わせるうちに親しくなりました。そうした中で、『北の国から』の放送が始まり、富良野のラベンダー畑は一気に広まって観光地としても注目されるようになりました。

当初、富良野の人たちとの会話はすごく面白く新鮮で、向こうも新参者の僕が彼らの話をいちいち興味深そうに聞くものだから、いい客が来たと思っていたみたいです。「俺たちってそんなに面白い？」という感じでした。その一つひとつのエピソードが『北の国から』の材料になりました。

だから僕は本当に富良野に呼ばれて来たような気がしているんです。そろそろ富良野の方が東京暮らしよりも長くなっていて、少し前にこちらにお墓も買いました。そのことをみんなが集まる場で言ったら、拍手で歓迎されましたね。

いつ死んでもおかしくないので、遺産相続の手続きもしました。昔から懇意にしている銀行の頭取に相談して信託の担当者を通じて公証人に書いてもらいましたが、1回で何百万円もかかります。戸籍抄本を何部もとったり、親族も全部調査したりする。自己申告ですけど、どこかに隠し子はいないかも含めすべて明らかにするんです。

後は仕事柄、知的財産権がありますが、こちらも複雑怪奇で、3年前ぐらいまでの再放送料や出版物の著作権料などをもとに割り出すそうです。ただ、それはあくまで推測でしかなく、死後本当にそれだけの金額が入って来るかはわかりません。向田邦子さんみたいに亡くなってから一気に売れる人もいますから。そういうことが非常にややこしい時代になってきました。

ここからは、『北の国から』に続いて、富良野に腰を落ちつけてから書いたドラマを中心にお話ししたいと思います。

棄民の街「悲別」

富良野に慣れ始めた1980年代初頭、僕の東京での定宿は赤坂プリンスでした。紀尾井町通りを挟んだニューオータニの地下に「タップチップス」というショーパブがありました。タップダンスが非常にうまいダンサーを集めたお店です。マーサとマンディというゲイが経営していて、非常にユニークなシステムでした。若い男の子たちに昼間はタップを習わせて、夜は店で働かせる。一日中タップ漬けですが、練習の費用は全部店の負担。花街の技芸学校みたいで面白いと思ったんです。しかも僕は普段、富良野でキツネ相手に清純な暮らしをしています。だからそういう都会的な世界との落差が東京にいた頃よりも衝撃的に感じられて、何かドラマにできないかと思っていました。

ちょうどその頃は北海道の炭鉱が次々と閉山した時期でもありました。夕張、歌志《うたし》内《ない》、上砂川、美唄《びばい》、赤平、芦別《あしべつ》……。当時、僕は富良野から札幌に行く途中の歌志内市内を毎週のように車で通っていましたが、そこに大きな屋根の不思議な廃屋があったんです。

入ってみると、客席は雪でつぶれていましたが、スクリーンがあるステージと映写室だけが残っている。映写室に潜り込んだら、アーク灯の古い映写機が2台ありました。これはドラマに使えると思ったんです。

北海道の炭鉱の町からミュージカルダンサーの夢を追って東京に出てきた青年と、故郷に残った若者の心の交流の話を書きました。それが『昨日、悲別で』（1984年／日本テレビ）です。

先ほどの廃屋は、住友上歌会館という閉鎖された映画館でした。炭鉱が全盛だった時代、休日の労働者たちでにぎわった場所です。ここを「悲別ロマン座」という名前で登場させました。

「悲別」は僕が考えた架空の地名です。アイヌ語で林野を意味する「ケナシ」と、川を意味する「ベツ」を合わせた当て字。最初は上砂川や歌志内など実際の地名も考えていましたが、限定しない方がいいと思ったんです。

アイヌ語はものすごく合理的にできています。川を意味する言葉は「ベツ」のほかにも「ナイ」があって、暴れる川が「ベッ」で、暴れない川が「ナイ」。水も「ペ」と「ワッカ」があって、飲めない水が「ペ」、飲める水は「ワッカ」。だから稚内は飲める水が流れている暴れない川という意味です。

「悲別」という音の響きが寂しいから、当初は「炭鉱がつぶれかけているのに縁起でもない！」とだいぶ反対されました。ただ、実際にドラマが始まると、悲別の駅としてロケで使った上砂川の駅にも観光客が集まるようになって、地元の意識はずいぶん前向きになりました。

炭鉱の閉鎖は街の様子も大きく変えました。炭鉱で働く人たちの住まいは炭住と呼ばれて、国営地を借りていたんです。隣同士が接近していて壁も薄くて、ハーモニカ長屋なんて言われたこともありました。それでも、閉鎖後に国に返す時は更地にしなくてはならない。炭住一つひとつに火をつけて燃やす様子がすごく切なかったです。

炭鉱の町も、第二章で書いた富良野の廃屋とよく似ているんです。もともと国策で進んでいた産業が、石炭から石油、原子力の時代になって強制的に閉鎖となり、そこで働いていた人たちは、国や企業に棄てられた。言葉はきついですが、「棄民」です。最盛期の頃は大きな学校もあって、地元の人は娯楽施設の上歌会館に通うことを楽しみにしていたんでしょう。そういう町で育った若者たちの姿を書きたいと思いました。

僕は悲別にこだわって、舞台でも『今日、悲別で』『明日、悲別で』と上演しました。ただ、炭鉱で働く人たちは福利厚生が手厚かったんです。大相撲が来ても美空ひばりが来ても、会社が払ってくれるから全部タダ。だから僕らの芝居も、切符を売りだしたら「え？　芝居って金払って見るの？」という反応でした。それでも何カ所かでやって、いずれも満員。きちんとお金を払って入場してくれました。

幻のドラマ

『昨日、悲別で』の主演のリュウを務めた天宮良は、もともと東京の「タップチップス」で踊っていた店の看板ダンサーでした。その天宮と、同級生役の布施博、梨本謙次郎はオーディションで選び、「カナシベツ新人群」と命名しました。天宮たちは芝居の経験がなく地味だったので、リュウの母親役の五月みどりさん、女友達の「おっぱい」役の石田えりさんら周囲には華やかな人間を置きました。

僕はキャスティングを陽と陰に分けて考えることが多いです。天宮は、性格は陽ですが、見た目は何となく陰。布施とナシケン（梨本）は陽と言えば陽ですが、えりと五月さんは完全に陽です。ほかにも陰の人は何人かいたので陰の周りに陽を並べて、全体でバランスを取ったのです。

撮影現場でも、五月さんはムードメーカーとして盛り上げてくれたし、えりは天宮たち新人をうまくリードしていました。彼女はまったくスターぶらないし、性格もいい。本当に助けられたと思っています。

「悲別ロマン座」の経営者役だった千秋実さんは、実際に上砂川で育った人です。上砂川や歌志内は有名人をわりと輩出していて、俳優の佐分利信さんや作家の渡辺淳一さん、経済評論家の寺島実郎さんもそうです。

「タップチップス」のマーサとマンディは本人の役で出演しました。現場で見ていても若い人たちの面倒見が良くて、育て方が実にうまかった。その上、ゲイの感性はアーティスティックで、すごくうらやましい部分があった。男の気持ちと女の気持ちの両方がわかるからでしょうか。

今はもうありませんが、ドラマの影響もあって店もすごく流行りました。マンディは僕より10歳ぐらい若く、もともと旭川の出身で、何年か前まで六本木で店を開いていました。東京だから同性愛者も受け入れられて店も繁盛したけど、旭川では相当生きづらかったのではないでしょうか。

『昨日、悲別で』は、テーマ曲をかぐや姫の「22才の別れ」にしたことでも話題になりました。ただ、このドラマは、他にもマイケル・ジャクソンなどトップアーティストの曲をたくさん使っていたんです。だからDVDにもできないし、再放送も難しい。音楽使用料がものすごいことになってしまうらしく、「幻のドラマ」なんて言われています。もちろん著作権は大事ですが、視聴者にあらためて見ていただけないのが非常に残念です。

山田太一と向田邦子

『昨日、悲別で』の中のセリフに、山田太一さんのことが出てきます。太一さんのドラマが好きなおっぱい（石田）が、リュウ（天宮）に「『想い出づくり。』見た？」と聞くと、「俺、裏見てた」。

「裏」というのは『北の国から』です。太一さんの『想い出づくり。』と放送時間がかぶって、当時、視聴者が二派に分かれていたんです。視聴率は『想い出づくり。』の方が良くて、2クールあった『北の国から』は、『想い出づくり。』が終わった後半から数字が伸びました。太一さんとは昔から仲が良いので、当時そのことをよくネタにしてふざけていたんです。

僕は向田邦子さんとも仲が良かったです。向田さんは僕にとって賢いお姉さんというか〝賢姉愚弟〟という感じで、いつも怒られていました。「そんなことしちゃダメよ」とか「そんなことも知らないの？」って。東京から北海道に移ることを決めた時も「やめなさい。仕事がなくなっちゃうわよ」と何度も忠告されました。

向田さんは森繁久彌さんや演出の久世光彦さんとも仲が良かった。僕は久世と大学が一緒だから、久世の作品を向田さんと何本か書いたこともあるんです。向田さんは非常に遅筆で有名でした。テレビの世界でよくやっていけるな、というくらいに遅い。でも仕上がってくるものはとても面白かったです。

僕と太一さん、向田さんが親しくなった理由の一つに石井ふく子さんたちの存在があります。あの頃、僕らは石井さんや橋田壽賀子さんたちとは一線を画していました。石井さんたちが「テレビは〝ながら族〟が見るものだから、主婦が家事をしながらでもわかるドラマをつくる」と言っていたことに反発したんです。あの人たちのつくるドラマは、繰り返しセリフで説明したりする。それに対して「じゃあ、僕らは家事の手を止めてでも見たくなるドラマをつくろう」と3人で話したんです。

こんな話もありました。TBSの元編成にいたディレクターがパリの総局に行くことになって、僕と太一さんと向田さんで送別会をやったんです。その時にディレクターから言われたのが「太一さんは〝竹〟で、倉本さんは〝木〟だな」という言葉でした。竹はどんなに風が吹いてもしなやかに揺れて長持ちするけど、木は強そうに見えてボキッと折れたら終わりという意味です。

うまいこと言うなって、みんなで感心しました。確かに太一さんは柔軟で言葉遣いも丁寧だし、穏やかで学もあって学者っぽい。一方で〝木〟の僕は、何度も折れかけて、修理しながら何とかやってきたという感じです。

向田さんは例の飛行機事故で51歳の若さで亡くなってしまいました。太一さんも少し前に倒れてからは新しい作品を出していません。今は〝木〟の僕だけが一人立ち尽くしている感じです。

フジテレビに救われた

『北の国から』をきっかけに、富良野は一躍注目されました。それまでは冬のスキー客が20万人くらい来るだけでしたが、夏の観光客が増えて一挙に２００万人になりました。その噂を聞いて連ドラの放送後、僕の家にいきなり訪ねて来た人がいました。

カナディアン・パシフィックという会社の極東支配人です。鉄道と鉄鋼、航空、ホテル……とにかく手広く事業展開している巨大コングロマリット（複合企業）。そこが全面協力するので、カナダでも『北の国から』のようなドラマをつくってほしい、ついては僕を一度カナダに招待したい、と言うんです。

行ってきました。西海岸のバンクーバーアイランドから東のケベック、オタワまで。乗り物もホテルも最高級の旅行をさせてもらい、ダイアナ妃が泊まったホテルの部屋にまで泊まらせていただきました。それで書いたのが、カナダを舞台にした『ライスカレー』（1986年／フジテレビ）です。

もともとは日本テレビで放送する予定でしたが、日テレの組織変更で上層部が変わり、急にできないと言われたんです。海外ものは金がかかるとか、視聴率が取れない、とかの理由で。こちらとしても企画にカナダ政府が絡んでいたので青くなりました。

慌ててフジテレビに掛け合って、編成局長だった日枝久さん（後にフジサンケイグループ代表）に事情を話して頼み込むと、「1週間だけ待ってくれないか」との返事でしたが、翌日すぐに電話があって引き受けてくれました。その後、あらためてロケハンし直して撮影に入ったのですが、あの時は本当にフジに助けられました。

『ライスカレー』の話を思いついたのは、阿川弘之先生の「カレーライスの唄」というユーモア小説がきっかけです。会社が倒産した男女がカレーライス店を開こうとする物語。それがとても面白く、カナダではまだ珍しいカレーライス店を開く話に置き換えたらとの考えでした。

僕は若い頃、阿川家によく出入りしていて、どういうわけか先生に気に入られて、書生の如く扱っていただきました。先生に「ライスカレーというタイトルでドラマをつくっていいでしょうか」と尋ねると、「勝手にしろ」ということで、この設定をいただいたのです。

物語では、元野球部の真面目なピッチャー、ケン（時任三郎）と調子のいいキャッチャー、アキラ（陣内孝則）が異国の地でライスカレー屋を始めることになるのですが、登場人物はみな、いつものごとく欠点だらけ。僕は人の欠点を書くのが好きなので、そういう意味では楽でした。ケンとアキラ、カナダで出会う日本人青年役の中井貴一さんのキャスティングはわりと早くから決めていました。

そもそも僕は、『北の国から』で丸太小屋づくりの参考にするためにカナダでずいぶん暮らしていたんです。ラックルジューンという町に親しい人間がいて、そこにあるキャビンはすべて丸太小屋。素晴らしい場所だったので、時任と貴一がラックルジューンで丸太小屋をつくる話も入れました。２人には事前に富良野塾に来てもらってチェーンソーの扱い方なども教えました。このドラマ以後、時任はカナダにハマって自然志向になっていきました。

ドラマの中で「カレーライスとライスカレーはどう違うか」という話が出てきます

が、あれは僕のニッポン放送時代のエピソードです。寺山修司と一緒に仕事をした時、延々とその話題になって、カレーとご飯が別々に盛られて出てくるのがカレーライス、ご飯の上にカレーがかけられて、そこにグリンピースが3つ乗って、水のコップにスプーンが立っているのがライスカレー。僕らの間では一応そういう定義に落ち着いた。それでドラマの中でも、ケンたちのカナダ行きを後押しする役の田中邦衛さんにそういうセリフを言わせました。

ユニオンとノンユニオン

バンクーバーでは、かなり大がかりな外国人のオーディションを行いました。ものすごい数が集まったのですが、向こうはユニオン（労働組合）がすごく強い。大半の俳優やスタッフがそこに所属していて、ギャラや撮影時間の上限などが細かく規定されているんです。

フジテレビからも、ギャラの高いユニオンの役者は使うなと言われていたのでノンユニオンから選びましたが、やはりいい役者はユニオンにいる。ただ、ノンユニオンにしても日本の役者に比べたらプロ意識は、はるかに上でした。どこから手に入れたのか事前に台本を覚えて来ている人もいました。

時任や陣内が英語が話せずに苦労する設定にしたのは、僕自身が英語ができないからです。海外でのスピーチやワークショップなどで言いたいことは伝えられても、ヒアリングはさっぱりです。学校で10年以上勉強しても聞き取れないのだから、日本の教育の大きな失敗だと思います。

英語といえば、勝新太郎さん本人から聞いた面白い逸話があります。海外のレストランで目玉焼きを注文しようとした時、英語でなんて言うかがわからない。それで自分の目玉を指さして「アイ！　アイ！　ツーアイズ！」。めちゃくちゃです。それでもきちんと目玉焼きが2つ出てきたそうです。

5人の仲間で外国の喫茶店に行った話も秀逸でした。些細なことで喧嘩になり、頭にきた勝新が、いつもなら奢るところを割り勘だと言い出したらしい。そこで自分でウエーターを呼んで、日本語で「ここはここ！　ここはここ！　ここはここ……」と支払いは別々だということを懸命にアピールした。ウエーターは「ＯＫ」と言って奥へ引っ込んで、しばらくしたらココアが5つ出てきたそうです。

そういう面白い話はよく僕のところに集まって来ます。だから覚えていて、台本が行き詰まったらどんどん使うようにしています。

『ライスカレー』でバンクーバーの寿司屋の板前役をやったガッツ石松も面白かった。あの役にもモデルがいて、当時、カナダには『前略おふくろ様』を見て板前になった人が結構いたんです。あまりに面白いキャラクターだったので、この役はガッツしかいない、とすぐにイメージしました。

実際、世話好きで賭博好きという役柄はガッツにはぴったりでした。彼は、僕がバンクーバーまで迎えに行くと、「バンクーバーってのは先生、ハンバーガーが生まれたところですか？」と真面目に聞いてきたんです。この男にして良かったとあらためて思いました。

火事場のバカ力

『ライスカレー』のシナリオハンティングの思い出で強烈だったのが、バンクーバーで泊まった高層ホテルでの出来事です。僕は最上階の40階くらいのオーナーズスイートでしたが、一緒に行ったフジテレビのプロデューサーの中村敏夫さんと山田良明さん（後に共同テレビ社長）、演出の杉田成道さんは10階でした。『北の国から』以来のいつものメンバーです。

仕事を終え、帰国する日の朝でした。何だか騒がしいのでベランダからのぞくと、煙が下からもうもうと上がっている。部屋の電話が鳴ったので出ると、いきなり「ファイヤー！」で、ガチャン。火事だったのです。

すぐに僕の頭に浮かんだのが、映画『タワーリング・インフェルノ』（米１９７４年）でした。映画の中でヘリコプターが救助に来ていたのが印象的だったので、僕も「屋上だ！」と非常階段を駆け上がりましたが、そのヘリが強風にあおられて墜落したシーンを思い出して、慌てて下へ向かったのです。

ところが、階段の途中で逃げる人の列が詰まって動かない。そのうちにみんな別の出口を見つけて、そちらへ行くんです。なぜ詰まっていたのかと思ったら、先頭にいたのが、大相撲の小錦のような立派な体格のお婆ちゃんでした。一歩一歩が非常にゆっくりで、幅もあるから追い越すこともできない。

それで僕は思わず「カモン！　マイバック」と言ってお婆ちゃんを背負ってしまいました。火事場のバカ力というヤツです。そのまま何階か下りたら19階に消防士が大勢いて「下に行け、下に行け」と言う。この階が火元だったようで、下にはまったく煙がなかった。ああ助かったと思って、そこでようやくお婆ちゃんを下ろすことができました。

こういう時に、人間は本性が出ます。僕が何とか地下まで下りて駐車場から外に出ると、敏夫と杉田が心配して待っていてくれたんです。でも、良明だけがいない。2人に聞くと、「火事です」と言われて真っ先に飛び出して、そのまま逃げてしまったらしい。バツが悪くて戻って来られなかったようなんです。「テレビ局員の本質を見た」と言って大笑いしました。

お婆ちゃんを背負っている時は重さも感じなかったけど、帰国の飛行機に乗って安心したのか、力が抜けてしまいました。急に足腰にきて、足が震えてトイレにも行けなかったです。当時50歳代でしたが、体力には自信があったので、その自信と勢いだけで背負ってしまったんでしょう。

高層ビルの火災は本当に怖いです。にもかかわらず、実際にカナダロケが始まってからは、板前役の北島三郎さんがケベックのホテルの部屋でメザシを焼いて火災報知器が作動して大騒ぎになりました。

カナダの良し悪し

僕は都会が苦手なので、海外に行っても大抵は田舎でウロウロしています。カナダは『ライスカレー』以前からよく行っていましたが、バンクーバー島の近くにクイーンシャーロット諸島という群島があるんです。

ハイダ族という先住民が住んでいて、彼らはその島をハイダグワイと呼んでいましたが、船で渡ることしかできないため、今も太古の森が広がっているんです。僕はそこに10年くらい通いました。グジョーという、後に部族のリーダーになった男と親友になって、いろいろなところに連れて行ってもらいました。

ある日、海でものすごく大きなナマコを発見しました。海の中を歩いているのか、泳いでいるのかよくわかりませんが、元気に動いている。グジョーが片言の英語で「これ、生で食えるぞ」と言うので、獲って食べました。漁師上がりの富良野塾の塾生を1人連れて行ったので、彼が器用に捌いてくれたんです。コリコリしておいしかった。僕はイモ虫でも何でも現地のものを平気で食べるんです。

ただ、この時は、口の中でピクピクしているナマコを見たグジョーが、笑いながら「よくそんなものが食えるな。俺たちは食わないぞ」と。先住民のインディアンもウソをつくんです。

その島では、カキもムール貝も獲り放題ですし、魚も食べ放題。ただ、僕らが面白くてバンバン釣っていたら、「オマエはそんなに捕まえて本当に食えるのか?」とグジョーに言われて反省しました。獲っていいのは自分たちが食える量だけ。当たり前のことをあらためて教わりました。

カナダでは、『ライスカレー』のほかに『學』（２０１２年／ＷＯＷＯＷ）という作品も撮影しました。コンピューターにのめり込んだ少年が罪を犯して、生きる気力を失くしてしまう。その彼を元南極観測隊員のお爺さん（仲代達矢）が知り合いのいるロッキー山脈の大自然の中に連れて行く話です。

僕には南極観測隊員の知り合いが何人かいますが、彼らは外国の基地に行く機会もあって、向こうの隊員とも仲良くなるんです。国は違っても、人間は極限状態を一緒に過ごすと、普通とは違う仲間意識みたいなものが芽生える。自然の厳しさを知っているからこそ、そこに生きる原点みたいなものが見えて来るのではないかと思います。

実はこのドラマを書いたのは放送よりも20年以上前なんです。ちょうどパソコンなどのコンピューターが流行り出した頃で、脳をつくる大事な時期の子どもの興味を、パソコンにばかり向けることがいいのかという思いもありました。制作上で揉めていた部分もあって長い間、日の目を見なかったんですが、今やコンピューターは爆発的に普及し、インターネット依存症が社会問題になるほどです。時期的にはこれで良かったとも思っています。

カナダは本当に面白いのですが、最近はもうまったく行っていません。煙草に対する規制がものすごく厳しくなって、ほとんどの場所が禁煙なんです。ホテルもダメです。バーだけは吸えたからまだ良かったのですが、今はどうなんでしょうか。いくらカナダが好きでも、煙草が吸えないところに僕は行きたくないんです。

富良野のラベンダーの始まり

北海道は、一般の家庭でも農家でも花を育てている人が多いです。夏が短いので、その間に一斉に咲いて、パッと散る。北海道の花は非常に時期が短くて鮮やかなんです。ラベンダーも最近は品種改良が進んで長く見られるようになりましたが、僕が富良野に来た40年ほど前は、7月20日頃に咲き始めて、せいぜい2週間くらいでした。

僕の知り合いに富良野出身で岩崎寛先生という麻酔科の名医がいました。その方からラベンダーに関する興味深い話を聞きました。末期がんの患者さんは、がん臭という特有の匂いがあって、見舞いに来た孫から「お爺ちゃん、臭い」なんて言われて傷つくこともあるそうなんです。

実は岩崎先生のお父さんも富良野出身の医者でした。がん患者の終末医療的なことを早くからやっておられた方で、花の匂いでがん臭が消せないかと考えた。そこでラベンダーをこの地に移植したというのです。つまり、それが富良野のラベンダーの始まりということでした。

確かにお弔いの時に花を供えたり、お香を焚いたりするのも、そもそもは遺体の匂いを消すためです。そんな富良野のラベンダーの歴史と、花の美しさや儚さを人間の終末に例えられないかと思って書いたのが、『風のガーデン』（2008年／フジテレビ）です。

末期がんで自分の死期を知った中井貴一演じる麻酔科医が、絶縁状態だった故郷の富良野に戻ってくる物語。僕自身もこの年になると死ぬことは年中考えています。やはり最期は自宅が理想ですし、死ぬこと自体は怖くないけれど、苦しむのは怖い。だから岩崎先生に「本当にそうなったら楽にしてほしい」と頼んで、ドラマを書くにあたって6例くらいの手術に立ち会わせてもらいました。

麻酔科医というのは、手術の前に眠らせてしまうわけですから患者からはほとんど覚えられていません。外科や内科のようにあまり感謝もされない。命を預けているにもかかわらず、患者さんに顔も名前もよく知られないままの仕事なんです。岩崎先生は飛行機のパイロットのようなものだとおっしゃっていました。

緩和ケアを専門にされている林敏先生という終末医療の専門家からも様々なエピソードを聞きました。現代社会は、人の命が何よりも大事ということで、医者もとにかく人工呼吸器などで末期の患者を生かしてしまいます。家族に「どうしますか」と聞いても、普通は「殺してください」とは言いませんし、言えません。

だから僕は、自分が末期になった時、これ以上は延命治療しないでほしいという意志を意識がはっきりしているうちに示しておくべきだと思います。具体的には、書類にサインして日本尊厳死協会に登録すればいい。僕はすでに登録していますが、家族のためにもとても大事なことではないでしょうか。

林先生は数々の臨終の場に立ち会われていますが、自宅でお爺ちゃんを看取った家族の話には胸を打たれました。自宅だと介護する家族はすごく大変なんです。それで、息を引き取った時、そばにいたお婆ちゃんが「あんた、頑張ったね」とお爺ちゃんに拍手をしてお別れを言った。その時、林先生が「いや、お婆ちゃんもみなさんも本当に頑張りましたよ」と拍手をしたら、家族全員で拍手になったそうです。胸にグッときました。みんなが納得のいく最期とは、そういうことなんだと思います。

構想から丸2年

『風のガーデン』の中に出てくる花言葉は、僕が勝手につくったものです。スノードロップは「去年の恋の名残りの涙」、プリモナリア・ラズベリースプラッシュは「小学生の淡い初恋」、プリモナリア・ノーザンライツは「オーロラの贈り物」……。でも本当は花についてまったく知りませんから、すべて僕が酔っ払って考えたいい加減な花言葉です。

花は、面白いことに色によって咲く順番があるんです。初めに黄色が咲いて、次はブルー、それから赤や紫……。時期によって色が変わるのが不思議です。

ドラマは1話ごとに違う花をテーマにしていますから、咲く時期を計算して本を書きました。しかし、5月に降った雪でアカシアの芽が全滅してしまったり、最終回でキャンピングカーの周りに咲かせるはずのエゾエンゴサクがうまく花をつけなかったりして思い通りにはいきませんでした。ガーデンプランナーに相談しても、相手は自然なので難しいのです。

キャンピングカーは、主人公の貴一が富良野に乗ってきて、そのまま車内で生活しているという設定でした。ドラマでは車の中が医療用具でいっぱいでしたが、あれは美術セットです。僕は中を書斎に改造して、時々そこでシナリオを書いていました。

ちなみに、あのキャンピングカーは舘ひろしさんからもらったものです。以前は本当に動いていたのですが、東京都のディーゼル規制で乗れなくなってしまったらしい。今もあの森の中にそのまま置いてあります。

このドラマは構想から撮影開始までに丸2年かかっています。初めに、富良野塾の塾生たちで新富良野プリンスのゴルフ場だった場所をブリティッシュガーデンに変えました。種を植えて、1年間寝かせて、ようやく撮り始めることができたのは3年目に入ってから。その庭がちょうど風の通り道にあたっていたことから、『風のガーデン』というタイトルにしました。

西武鉄道グループのオーナーだった堤義明さんが僕の麻布中学時代からの友人で、

このドラマを企画した時、ガーデンをつくるからゴルフ場の跡地を貸してほしいと頼んだんです。撮影が終了したら営業権をホテル側に譲るという条件で全面協力してくれました。フジテレビは手間も美術費もかからなかったし、ホテルは今もこの庭を観光スポットとして使っていますから、どちらにもメリットがあるウィンウィンの関係でした。

実は堤にはもう一つお世話になっていて、『風のガーデン』の前にやったドラマ『優しい時間』（２００５年／フジテレビ）でも富良野プリンスホテルの敷地を使っているんです。舞台にした喫茶店「珈琲 森の時計」はその時にできました。堤に、「喫茶店をつくりたい」と相談して、「うちは不動産屋だから設計はオマエがやれ」「わかった。じゃあ大丈夫なんだな」「ああ、その代わり撮影が終わったら店の営業権をこっちにくれ」。やはり、そんな会話でした。

この喫茶店もそのまま残っていて、今も来てくれるファンのお客さんがたくさんいます。

緒形拳のラストカット

『風のガーデン』は緒形拳さんの遺作になったドラマです。貴一演じる末期がんの主人公の父親役ですが、かつては札幌の大病院で神の手と言われたほどの外科医で、今は富良野で訪問医として死の最前線に立ち会っているという設定です。息子とは絶縁状態でしたが、最後は自らその息子を看取ることになります。

ロケ初日に、1話の冒頭の撮影がありました。拳さんが、大滝秀治さん扮する認知症の男性に訪問診療を施すシーン。僕も撮影に付き合いましたが、撮り終えた拳さんが、「大滝さんにすごいこと言われちゃったよ」と僕のところに来たんです。「何言われたの?」と聞いたら、「緒形君、健康であることと病気は別もんだからね」と言ったそうです。大滝さんには、何か感じるところがあったのでしょうか。彼は拳さんの病気のことをまったく知らなかったので、すごく驚いていました。

拳さんはその3年ほど前にがんを告知されていたようです。僕もキャスティングの段階では詳しく知りませんでしたが、入院していたことは聞いていたので富良野にいる間はペンションを借りてあげました。ホテルよりもゆっくりできると思ったからです。食事は付き人さんがつくるというので、うちの農園の野菜を毎日届けました。

富良野にいる間はいろいろな話をしました。彼は素晴らしい絵や書を嗜《たしな》むし、僕も点描画をやるから絵の話が多かった。僕の点描画がほしいというのであげたり、画集をいただいたり。拳さんがだいぶ前に書いてくれた「創」という字は、今も書斎に飾ってあります。

撮影が進むにつれて、だいぶ声が出づらくなって、かなり苦しそうに見えました。自分自身ではなく、家族の死期が迫っているという役をどんな思いで演じていたのでしょうか。

撮影のラストカットは東京のスタジオで、拳さんが貴一を看取るシーンでした。終わった瞬間、みんな拍手をして、ご本人は「疲れたー」ってその場にへたり込んでいました。

西麻布で行われた打ち上げにも参加してくれて、「バイバイ」と元気に別れたのが最後です。訃報が届いたのは、そのわずか4日後の2008年10月5日。ドラマ放送開始日の4日前。享年71歳でした。

第五章

若き日の物語

「文五捕物絵図」「わが青春のとき」「君は海を見たか」「玩具の神様」「ガラス細工の家」

消された古い作品たち

今、月に1回ぐらいのペースで「倉本聰プライベートライブラリー」を富良野で開いています。僕が書いたドラマから毎回1本を決めて、その映像を流して解説するんです。

残念なのが、『文五捕物絵図』（1967年／NHK）をはじめ、『赤ひげ』（1972年／NHK）、『勝海舟』（1974年／NHK）など初期の作品が残ってないことです。というのもテレビの創成期は、ドラマは放送するものであって、作品としてきちんと残すとか著作権の意識というものが局にまったくなかったのです。

ビデオテープは高価でしたし、保管する倉庫もすぐにいっぱいになってしまう。それで1本のテープに次々と上書きしてしまった。だから昔のテープを取り寄せると、途中から別の映像が出てくることもあります。

その上、1970年代の前半に、郵政省が「著作権問題に引っかかるので、消した方がいい」という変な通達を出したんです。それにみんなが踊らされた。だから73年以前の作品の映像はほとんどが消えてしまいました。ひどい話です。僕らの著作権、知的財産権が全部パーになったわけですから。古い作品で残っているのは、誰かが個人的に録画しておいたものくらいです。

仁科明子さんがデビューした頃に僕の作品に何本か出たんです。彼女のお父さんで歌舞伎俳優の岩井半四郎さんは新しいもの好きで、娘が出た番組を当時「弁当箱」と呼んでいた2分の1のテープに録っていたんです。それを僕も何本かいただきました。

『文五捕物絵図』はシナリオ作家協会の人が持っていたので、プライベートライブラリーで先日上演しました。収録時はビデオでしたが、協会の人が保管していたものはキネコ（ブラウン管上の画像を映画カメラでフィルムに撮影したもの）らしくて、画質は良くないし、セリフも聞き取りづらかったんです。

ただ、5分、10分見ていると慣れて気にならなくなる。ほかにも見たい作品はたくさんありますし、プライベートライブラリーで上映したいのですが、肝心の素材がない。本当に悔しいです。

この章では、〝消えてしまった〟作品も含め、僕の若い頃の仕事を振り返ってみようと思います。

ＮＨＫへの反抗心

僕が本当にやりたいドラマというのは、なかなか企画が通らないんです。『北の国から』も文明社会に対する批判的なことを、親子の情愛という砂糖で固めて企画書にしましたが、そういうゲリラ的なことはその前からよくやっていました。

ＮＨＫに対しても同様でした。それが、『文五捕物絵図』です。汚職やストライキなどの政治的なテーマは、当時は絶対にＮＨＫでは扱えませんでしたが、時代劇ならそれができることに気が付きました。杉良太郎さん演じる岡っ引きの文五と６人の下っ引きの話で１話完結。演出は和田勉さんらで、何人かの脚本家とともに１年半の放送を書きました。

ベースは松本清張さんの小説ですが、原作の数があまりない。だから、途中からはほとんどオリジナルで、清張さんの名前を借りて複数のライターを使って自由にストーリーをつくることができました。

僕は当時からNHKへの反抗心がありました。慇懃《いんぎん》無礼というか、官僚的というか、僕とは体質が合いませんでした。その頃、ロカビリーブームで長髪にしていた若手は、NHKから出演を拒否されていたんです。そこで、布施明さんとか渡辺プロ（ナベプロ）の若手に時代劇のカツラを被せて『文五』に出してしまった。ナベプロに「NHKを騙すから」と言ってゲリラ作戦に出たんです。

大晦日の晩に米屋の丁稚たちが反乱を起こすというストーリーを書いて、ナベプロの若手をたくさん出して、サブタイトルは「天保17歳（テンポハイティーン）」。放送後にプロデューサーが始末書を書いて、局内でもかなり問題になったようです。

当時は、インナーボイスが表現できる役者が多かったと思います。昔は「腹芸」とも言いましたが、内面の芝居です。一方で、レギュラーの中にもそれができない役者がいた。だから、僕は早い段階でその人の役を殺してしまったんです。

NHKは「1年の契約がある」と反対しましたが、良くないものは仕方がない。役者の仕事は就職とは違うのですから、この先の仕事が1年保証されたと思うと安心してしまうんです。僕らも、本の内容が良くなければ途中で降ろされるわけですから。案の定、その俳優を降ろすと、出演者の間に緊張が走りました。それからドラマ全体が締まりました。僕は若い時からそういうことをよくやりました。

『前略おふくろ様』も、メインはともかく、ほかの役者は半年契約にはしないようにしたと思います。僕は役者と脚本家の関係は、作品においても日頃の付き合いにおいても、お互いの触発作業が大事だと考えていますし、緊張関係が必要だと思うんです。

だから、売れている役者も、作品に出続けるだけではなく、芝居の稽古は常に続けてほしいと思います。僕は富良野塾で新人を育てていましたが、本当は玄人のための演劇学校をつくりたかったんです。でも、日本では絶対に役者が集まらないとも思っています。

兵吉、貫一、風間の共通点

『わが青春のとき』（1970年／日本テレビ）には原作があります。A・J・クローニンの「青春の生き方」。これをもとにドラマを書いてほしいと日本テレビから言われたのですが、僕はこの頃、原作を換骨奪胎《かんこつだつたい》することに凝っていたんです。『文五捕物絵図』もほとんどオリジナルでしたが、『わが青春のとき』は原作を数ページしか読まなかった。アバウトなストーリーを書いてもらって、それをもとにシナリオを書きました。

ファミリー劇場の枠だったと思います。伝染病を研究する医学部助手と、彼を支える女子学生の物語。助手は女子学生の父である医学部教授と対立して医学部からも追放されてしまうというストーリーです。青春はわがままが許される唯一の時期じゃないか、というのが僕の中のテーマでした。

石坂浩二さん演じる主人公の青年医師は、ものすごく自分本位の生き方をする人間です。だから医学界ともぶつかってしまう。要は大人ではないんです。この頃の兵吉（石坂の本名）は今でいうアイドル並みに人気がありました。清潔感がある一方で、ペダンチズム（学者ぶること）と言うのか、いろいろと難しいことを言ったりする。そういうイヤらしさも含めて、あの青年医師の役が合っていたと思います。

兵吉との付き合いは長いです。『やすらぎの刻～道』まで50年以上。僕は、彼と中井貴一、さらに新しい人の中で言えば、風間俊介には共通点があると思います。持って生まれた品があるんです。だから役の人間にも品が出てくる。変に小芝居でやろうとすると、品というものはどんどんなくなります。

兵吉の相手役の樫山文枝さんはＮＨＫ連続テレビ小説『おはなはん』が終わって間もない頃で、まだ初々しかったです。大滝秀治さんとの最初の出会いもこのドラマだったと思います。大滝さんは議員さんだったか町のボスのような悪役でしたが、すごく良かったです。こんな芝居をする人がいるのかと思ったことを覚えています。笠智衆さんら脇役もしっかりしていました。

古い作品なので、ずっとフィルムがないと言われていましたが、制作した国際放映の倉庫で見つかったんです。これは自分の青春ドラマの代表作だと思っているので感激しました。

企画書勝負の作品

働き方改革よりもバブル経済よりももっと前、サラリーマンが企業戦士とかモーレツ社員と呼ばれていた時代に書いたのが、『君は海を見たか』です。１９７０年に日本テレビで平幹二朗さん主演で初めてやって、71年に大映が天知茂さんで映画化、82年にフジテレビがショーケン（萩原健一）でリメイクしました。

会社人間で家庭を顧みない男の話を書きたかったので、少し変わった企画書を書いたんです。画用紙を真っ黒に塗りつぶした子どもが、先生から「これは何の絵？」と聞かれて「海」と答える。一方、父親はその子が悪性腫瘍で余命3カ月しかないことを医師から突然宣告されてオタオタしてしまう。自分は会社人間だから、何をしてあげたら子どもが喜ぶのかもわからない。学校に相談に行くと、先生から「あなたはお子さんを海に連れて行ったことがありますか？」と言われ、何も答えられない。自分は息子を海にも連れて行っていなかったことに気付くわけです。そこでタイトル『君は海を見たか』——。

普通、ドラマの企画書は趣旨や概要を書きますが、この冒頭シーンのシナリオで企画全体が表現できると思いました。言ってみれば企画書勝負のドラマです。すぐに通って連ドラになりました。

これは父子家庭の話です。その後にアメリカ映画の『クレイマー、クレイマー』（1979年）がありました。外国人も同じようなことを考えているんだと思いました。

70年代の日本は、親父が家庭を顧みないで、休日もなく働くのが普通の時代でした。僕もまだ東京にいて、周りもみんなガムシャラに働いていた。ドラマはそういう風潮への反発です。

『北の国から』に経済中心の社会への反発を込めたように、世の中に対する疑問や反発は、その現象が起こっている時にぶつけないとレジスタンスにならない。後でやっても歴史ものになってしまい、意味も迫力も小さくなってしまうことが多いんです。

企業戦士である父親の仕事は何にしようかと、いろいろと調べました。和歌山県の串本に海中公園を建設していることがわかって、そこの技師にしました。撮影もそこでやらせていただきました。僕も見学に行きましたが、海が本当にきれいでした。自分は毎日その美しい海で働いているのに、大事な息子には海を見せることさえしていない。そのことに息子が病気になって初めて気付くんです。

フジでリメイクした時、劇中に谷川俊太郎さんの「生きる」という詩を入れました。それは、このドラマを単にホームドラマとか闘病ものの括りではなく、もう少し違った次元で見てもらいたかったからです。あの詩が入ることで、一家族の話からグーッと引いた視点で、「人が生きる」ということを考えてもらえるのではないかと思いました。

サラリーマン役は難しい

『前略おふくろ様』のショーケンも良かったですが、『君は海を見たか』では彼の進化をすごく感じました。実はこの頃、ショーケンがいろいろと事件を起こしていたので、テレビ局がどこも彼を使わなくなっていたんです。

僕も『前略』の後、彼とはあまりうまくいっていませんでした。しかし、複数の知り合いから「このままではショーケンが滅んでしまう」と頼まれて、思い切って使ったんです。それも、およそやったことのない普通のサラリーマン役で。いしだあゆみさんがショーケンと結婚していた頃に「364日はひどい人だけど、1年に一度の笑顔で、一緒になって良かったたって思う」と言っていたそうですが、ものすごくよくわかります。同じように、普段はどんなに素行が悪くても、芝居をさせた時だけは本当に使って良かったと思います。

普通のサラリーマンの役というものは、役者にとっては最も演じにくいと思います。なぜなら見ている人の多くがサラリーマンだからです。一方で、実際に役者の周りにいるのは業界の人間がほとんど。僕も最初の頃は「サラリーマンを書くのが下手だ」とずいぶん言われました。付き合いがないからわからないんです。『君は海を見たか』は最初の日テレからフジでリメイクするまでに12年。その間に僕はサラリーマンを一生懸命観察しました。

日テレで平幹二朗さん主演でやった時は、もう少し普通の父親だったと思いますが、同じモーレッツ社員もショーケンがやると、ある種の狂気が加わるんです。仕事に対するクレイジーさが一気に出て、引き込まれてしまう。ああいう破滅型の役者は昔からいましたが、彼はその最後だったのではないでしょうか。日テレ版とフジ版、両方を比較して見ると面白いと思います。

82年のフジ版では、出演者を富良野に集めて合宿をしました。その時、僕は伊藤蘭さんを徹底的にしごきました。ショーケン演じる主人公の妹役です。78年のキャンディーズ解散から4年、まだ芝居のキャリアがあまりない頃でした。僕も有名なアイドル歌手というイメージしか持っていなかったです。

その合宿で蘭ちゃんに、「就職試験」のテーマで即興をやらせたんです。彼女が就職志望の学生役で、僕やプロデューサーが会社の人事役。とにかく質問攻めにしました。最後は泣きそうになるくらいまで追い込んだら、彼女も「でも、そうなんです！」なんて必死になっていました。そうしているうちに蘭ちゃんの人間性や、女性としての優しさ、厳しさの部分が見えてきました。

実際、芝居も良かったです。女優としてグングン伸びて、四半世紀後の『風のガーデン』で再会した時には、ものすごくいい女優になったと感じました。自分でアイドルの殻を取り払ったんだと思います。

スーちゃん（田中好子）は映画『黒い雨』（１９８９年）で今村昌平監督にしごかれたんです。それでアイドルの皮がむけて、いい女優になった。蘭ちゃんもスーちゃんも新しい世界で見事に自分を成長させました。残念ながらスーちゃんは、若くしてがんで亡くなりましたが、元アイドルというよりも女優として生涯を終えられたと思います。

結婚して引退する女優さんもいますが、そのまま続けていれば伸びただろうという人は何人かいます。例えば、藤竜也さんと結婚して引退した日活女優の芦川いづみさん、三浦友和さんの妻、山口百恵さんなどです。女の生き方としては最高かと思いますが、僕はもったいなかったと思っています。

現役の人で僕が一緒に仕事をしたいと思うのは、中森明菜さんと沢尻エリカさん。最近のＣＭタレントなどと違って、インナーボイスを表現できるいい女優になれるのではないでしょうか。

「ニセ倉本聰」が無銭宿泊

僕も昔はテレビに出ることがなかったので、世間にまったく顔が知られていませんでした。ドラマのクレジットタイトルに「脚本　倉本聰」と名前が出るだけです。そんな時に現れたのが、僕のニセモノでした。その事件をベースに書いたのが『玩具《おもちゃ》の神様』（1999年／NHK　BS2）です。ホンモノの僕を舘ひろし、ニセモノを中井貴一がやって2時間もので3本書きました。

どんな事件かというと、僕がNHKで『赤ひげ』（1972年）を書いていた頃、地方の旅館に倉本聰を名乗って『赤ひげ』を書く人物が現れたんです。1カ月くらい滞在したら代金を支払わずに消えて、また別の旅館へ行っては同じことを繰り返す。

僕が『勝海舟』（1974年）を書き始めると、向こうも同じ作品を書く。旅館の人の話だと、昼間はずっと部屋で原稿用紙に向かっていて、大きなペンダコもあったそうです。掃除の時だけ散歩に行くようですが、いない時に限って「NHKですが、倉本先生いらっしゃいますか?」と電話がかかってくる。それはその男が自分で外からかけていたわけです。手が凝っているんです。

たまに仲居さんに『勝海舟』の先の展開を話して聞かせたり、「主演の渡哲也が急遽、降板することになって大変なんだ」と言ったりしたこともあるようです。そういう情報はスポーツ紙から得ていたようですが、当時、地方の新聞は時差があって、東京で仕入れた情報をその日に話すと、翌日の紙面に「主演は渡哲也から松方弘樹に」なんて記事が出る。旅館の人はみな本物と信じて疑わなかったというんですね。

しばらく滞在すると、「NHKが原稿料を送ってこないから宿泊代を払えません」と言う。旅館の人が「NHKはひどいですね。一度東京に出て催促なさったらどうです?」なんて言うと、「その交通費もない」。「それくらいお立て替えしますよ」と言って10万円くらい渡されたこともあったようです。

すると今度は律儀に東京に行って「今、上野に着いた」と旅館に連絡を入れる。電話の向こうではホームのアナウンスが「上野ー、上野ー」と連呼しているから再び信じてしまう。いちいち凝っています。

しかし、無銭宿泊をする以外は、別に悪さをするわけではないんです。ずっと原稿用紙に向かっているだけ。面白いヤツでしょう。

僕がドラマの宣伝で正月にテレビに出た時に、旅館の売店の従業員がたまたま見て、ニセモノだと気付いたそうです。女将さんが男を問い詰めたら、テレビに出ている方が別人だとか何とか言いくるめられて、結局それから1週間居続けたそうです。

男は前科8犯の詐欺師でした。最初、青森の浅虫温泉で指名手配され、山形、新潟、富山と徐々に南下して、出雲で捕まるまで実に1年半。僕はその詐欺師に会ったことはありませんけど、そこまでされると妙な親近感を覚えてしまいました。

今、最も興味がある俳優

男は出雲で捕まりましたが、その2、3日前に彼の母親が僕を訪ねて来ました。福井の人で戦争未亡人だそうです。「息子が本当に申し訳ないことをしてしまって……」と謝るのですが、うちのおふくろが亡くなってすぐの頃だったんです。家中、線香と花だらけで、お骨もまだある時期でした。

だからそのことを伝えると、「拝ませてください」と言って涙を流しながら何度も僕に「申し訳ない、申し訳ない」と謝る。そして、「明日、必ず大阪で自首させます」と言うんです。

その上、「こんなお願いまでしてずうずうしいんですが、嘆願書を一通書いてもらえませんか?」と。なぜ、自分のニセモノとして詐欺をした男を情状酌量してもらう嘆願書を書かなければならないのか? ただ、こちらも親が亡くなって仏心になっていたので、「いいですよ」と書いてあげたんです。

数日後、浅虫温泉の刑事が僕のところに電話して来て、すごいズーズー弁で「野郎が捕まりました」と言うんです。僕が「捕まったのではなく、自首したんでしょ?」と聞いたら、「自首じゃねーす。捕まったんです」。「大阪で?」「いや、出雲です」。結局、逃げ回っていたところを逮捕されたんです。しばらくして、拘置所から本人の手紙が届きました。「恩を仇で返すようなことをして申し訳ない」って。別に恩はないんですけどね。

被害に遭った旅館の人にも会いましたが、その男は僕よりずっとインテリだったそうです。年は2つ3つ上で、ちょっと長い髪の毛をフワッとやって、太宰治とか芥川龍之介みたいな感じ。色紙のサインもさらさらと書いてしまう。

東尋坊の旅館ではその男を少し疑っていて、部屋にあった原稿用紙をカタに取って、僕のところに持って来たんです。『勝海舟』の23話から26話でした。その時、僕は13話を書き上げたばかりだったので腹が立ったというか悔しかった。内容は原作の小説をちょこちょこと抜き出したようないい加減なものでしたが、字は僕よりもはるかにきれいでした。まだその原稿用紙はうちにあります。ただ、そこまでされると、あの人はどうなったのか、時々思い出してしまいます。

僕は『玩具の神様』という作品にはすごく愛着があるんです。僕がモデルのシナリオライターが主人公ですから、視聴率至上主義のテレビ局とぶつかるようなシーンが随所に出てくる。『やすらぎの郷』の原型みたいなものです。

だからできれば、リメイクしたいんです。主演は本木雅弘さん。シブがき隊というアイドルグループから出てきたことくらいしか知りませんし、一度も会ったことはないのですが、今一番興味がある俳優です。

久世光彦さん演出の『涙たたえて微笑せよ――明治の息子・島田清次郎』（1995年／NHK）というドラマで、狂気の作家役をやっていたんですが、これがすごく良かった。紅白歌合戦でコンドームを身に着けたりして、突拍子もないセンスも持っています。宮沢りえさんとのCMにも出ていましたけど、立ち姿、座り姿からして違います。何より清潔感がある。すごく興味があります。

モックンの『玩具の神様』、自分でも見てみたいと思います。そう考えると、モックンも風間もそうですが、ジャニーズ事務所のジャニー喜多川さんの感性ってすごいです。僕はジャニーさんに会ったことはないですが、やはり見る目があるんだと思います。

自分への復讐

『ガラス細工の家』（1973年／日本テレビ）は、裕福で平和な家庭の幼い息子が、父親の海外出張中に誘拐されて、母親がパニックになる話です。しかし、本当は誘拐ではなくて、大好きだったお婆ちゃんを阻害していた両親への復讐だったというラストです。

母親役は岸田今日子さん。演技ではなく、もともと彼女が持っている独特の雰囲気が素敵でした。ドラマでも、チェーホフの「桜の園」や、日本でいえば鹿鳴館のような、時代に取り残された貴婦人的なイメージの主人公像を巧みに醸していました。

僕は今日子ちゃんとは昔から仲が良かったんです。僕の姉と同級生で、よくうちに遊びに来ていたし、ニッポン放送時代にも付き合いがありました。うちのカミさんが彼女と同じ「劇団雲」にいたので、ずっと親しい関係だったんです。

父親は劇作家の岸田國士さんで、軽井沢にある別荘にもよく行きました。今日子ちゃんのお姉さんの衿子さんは、谷川俊太郎さんの最初の奥さんでもあります。だから、谷川さんもその頃、軽井沢に住んでいました。普段の今日子ちゃんも浮世離れしていてメルヘンチックな世界を持った人でした。

『ガラス細工の家』を書いたのは、実は自分自身への復讐のような気持ちもあったんです。おふくろが亡くなったのは、その少し前でしたが、第三章でも触れたように、躁鬱病や認知症といった現実に正面から向き合わず施設に入れてしまった。当時、僕は40歳手前。子どもはいませんでしたが、もしいたとしたら、このドラマのようにお婆ちゃんをないがしろにする両親に反発したに違いない。そんな想像で書きました。

変な動機でした。僕も含め、周囲を顧みずに仕事や子育てでわが世の春を謳歌していた同世代の人々を、グサリと痛めつけたかったんです。

ロケ先になった家は、実は、作家の阿川弘之先生のご自宅です。もちろん中はスタジオセットですが、建物はそのまま使っています。

僕が書生みたいなことをしていた頃は、先生が軽井沢に行ったりすると、僕があの家を守っていたこともあります。面白かったのは、僕の台本を読んでロケハンした演出の恩地日出夫監督が「ぴったりの家があった」と言ってきたことです。それがまさに阿川先生の自宅でした。そもそも僕はあの家をイメージして本を書いたのだから、ぴったりは当然だったんです。

最初、先生はドラマで使われると聞いて、「嫌だよ」と断ったらしいんですが、脚本が僕だと聞いてOKしてくれたようです。ただ、撮影中に僕のところに電話があって「使うのはいいけれど、朝の6時半にスタッフが来て、雨戸を開けるんだ。たまんないから何とかしてくれ」と泣きついてきました。スタッフには「作家のお宅だから、あまり早いのは止めてあげて」と頼んでおきました。

娘の佐和子さんはまだ中学生ぐらいでした。先生は佐和子がよく言うように、瞬間湯沸かし器みたいに怖い人で、家庭でもすぐ激怒する「暴君」でした。

当時の佐和子は、本当に物静かで奥床かしい娘さんだったので、突然テレビに出たり、物を書き出したりして弾けた時は、本当に驚きました。それまでかぶっていた猫を突然かなぐり捨てたような感じです。先生はどう思っておられるかと、恐る恐る電話をすると、老境に入りかけたかつての「暴君」は、「近頃は佐和子のお父様と言われてね」と淋しげに溜息をつかれていました。

思えば、ドラマの中で何度か登場するあの家の中には、まだ小さかった佐和子がウロチョロしていたんです。先生に怒られて、よくあの外の階段でしょんぼりと座り込んでいたことを思い出します。

第六章

これからの人に贈る物語

独学で学んだシナリオの書き方

「自然はオマエらが死なない程度には十分食わしてくれる。自然から頂戴しろ。そして謙虚に慎ましく生きろ」

『北の国から 2002遺言』で五郎さんが子どもたちに宛てたこの遺言は、僕自身からのメッセージです。

僕には熊撃ちの友人がいて、彼は米と味噌だけを持って2~3カ月間、山に入りますが、山のほとんどの葉っぱは食えると言います。だから野宿しても全然平気です。僕もアイヌの人たちと付き合いがあった頃は、彼らの暮らしをずいぶん勉強して自分でも実践していました。だから、五郎さんの言葉は実感から出てきた言葉なんです。

どの作品も、書く時はそういう自分の経験によるものと、俳優からリサーチしたもの、そして想像。この三つを重ねていきます。でも一度、嫁と姑の確執のシーンを書いた時、それをうっかり家でおふくろとカミさんと一緒に見てしまった。ドラマが始まってすぐに「やばい！」と慌てました。「俺、どっちの味方して書いたんだっけ？えらいことになったぞ」って。テレビを消そうとしたら、2人とも「見る！」。いたたまれなくなりました。それからは注意しましたね。

シナリオの書き方はほとんど独学で覚えました。昔はそんなことを教えてくれる学校なんてありませんから。映画会社のシナリオ研究室にほんの少し通った後は、一連の黒澤明監督の作品で知られる橋本忍さんや菊島隆三さん、「宮本武蔵」シリーズの鈴木尚之さんらのシナリオをとにかく書き写しました。

ただ写すだけではなく、起承転結で一旦バラして、プロットに戻してからまた組み立てるということもやりました。当初は僕も先輩からよく「構成が弱い」と言われていたんです。

書斎は家の地下にあります。『北の国から』にも出てきた「石の家」と同じ造りです。机の原稿用紙にだけ照明が当たる薄暗い部屋で、お香を焚いて書いています。集中したいので、中には誰も入れません。昔は今より集中力があったので8時間ぐらいは平気で書いていました。

よくテレビや雑誌から、書斎で書いている姿を撮影させてほしいという依頼がありますが、全部断っています。人がいると気になって書けないし、書くふりを撮ったらそれはウソなりますから。

「文藝春秋」の特集で篠山紀信さんがカメラを持って来た時も断って、代わりに焚火をしている写真にしてもらいました。2~3年前にNHKの『プロフェッショナル仕事の流儀』が、外の森の遥かかなたから窓越しに望遠で撮りましたけど、あの絵はなかなか面白かったと思っています。

一度だけ書斎の中に人を入れたことがあります。塾生のライターOBたちが、僕が書くところをどうしても見たいと言ったからです。OBの中に忍者のように気配を消せる男がいて、彼にカメラを持たせて、ほかのOBたちは別の部屋のモニターでその映像を見ました。僕の書くスピードとか、どこで筆が止まったとかを参考にしたかったようです。

後でその映像を見せてもらって驚きました。僕の頭のすぐ後ろから、僕のメガネのレンズ越しに原稿用紙を撮っていたんです。そんな近くにいたにもかかわらず、集中していたのでまったく気付きませんでした。ただ、うちの犬だけは、彼の気配に妙なものを感じるらしく、こいつだけは許さないという感じで、いつもすごく吠えつくんです。

気に入らない原稿は破り捨てる

僕はシナリオを書くのはすごく速いです。時間がかかるのは、その前の段階。まず各人物の履歴書づくり、履歴の中の地図、家の設計図づくりです。そして大箱、中箱、小箱と進んでいく。

大箱というのは起承転結です。俯瞰《ふかん》できるように1枚の紙に起承転結でそれぞれ3～4行ずつの内容を書き出します。中箱は「起」なら「起」を3枚ぐらいのシーンに落としたもの、小箱はセリフをダーッと並べたようなものです。純や蛍といった名前を書くとリズムが出ないので、ひたすらセリフを羅列するんです。それを推敲《すいこう》しながら、最終的にシナリオに落とし込む。

この段階はどんなものでも必ず踏みます。『やすらぎの郷』も全130話を最初に

4分割して起承転結をつけた大箱をつくり、さらに細かく中箱、小箱と進んでいきました。

いつも一番頭を悩ますのは大箱です。これは書斎以外でも常に考えています。中箱や小箱になって登場人物が動き出してくれれば、その状況でこの人物が何を言うかは筆先が考えてくれますから悩むことはほとんどありません。

仕上がっても、良くないと思うことはもちろんあります。何が悪いのか考えて、原因が大箱だとわかれば、最初からまた全部考え直して、それまでに書いた原稿は破り捨てます。絶対に残さない。ちょこちょこと直すより、急がば回れです。いいセリフや流れなどは自分の頭の中に残っているんです。

修行時代は、登場人物の性格分けが頭の中でうまくできませんでした。だから、この人は右上がりとか、この人は縦長とか、字体を変えて性格を書き分けたこともあります。セリフは俳優の顔を思い浮かべなければ書けないので、初めての役者は机の前に顔写真を貼っておきます。親しい役者ならすぐに言葉が出てきますが、よく知らない人は写真を見ながら口調なども引き出すんです。

役の名前を考える時に一番大事なのは、画数が少ないこと。僕は手書きだから、常にそこは考えます。『前略おふくろ様』の「サブ」はその代表的な名前です。『勝海舟』を引き受けた時はまいりました。「海舟」ならまだいいですが、若い頃は「麟太郎」なんです。「麟」だけハンコを押そうかと思いました。今までで一番少なかったのが、日本テレビの『ぼうや』（１９６３年）で坂本九さんがやった「一《はじめ》」でした。

名前は、昔は墓地を歩いて墓石にある故人の名前から選んだこともありました。知り合いにお助け名簿をつくってもらったこともあります。もちろん周囲にいる人間の名前も使います。役名を考える作業は、結構苦労するんです。

うちで飼う犬の名前は基本的に名字です。百恵ちゃんからとって「ヤマグチ」、その次がひかるちゃんからで「ニシダ」。今いるのが「メイサ」です。アイリッシュセッターという結構大きい外来の犬種ですが、いつも僕のベッドの脇で寝ている相棒のような犬です。

言葉も若干わかるようになってきました。「ガーデン」と聞くと、玄関と僕の周りを行ったり来たりする。こっちはそのつもりで「ガーデン」と言ったわけではなくても、散歩に行くと思って走り回るんです。メイサだけ名字にしなかったのは、僕の周りにあまり印象の良くない「黒木」が２～３人いたからです。

なぜ履歴書をつくるのか

『やすらぎの刻～道』の中でも石坂浩二さん演じる菊村が、ドラマに出てくる人物の履歴書を書くシーンが出てきますが、これは非常に大事な作業です。僕はいつも脚本家志望の若い人たちに「ストーリーを書こうとするな」と繰り返しています。ドラマは「人間を描く」ものだからです。

登場人物一人ひとりの履歴書をつくると、ある時代背景のもとで、その人間が形成してきた歴史やキャリアが浮かび上がってきます。これが、僕がよく言う「根っこ」の部分。樹木だって、切ったものをそのまま持って来て移植しようとしても、根っこがなければ立ちません。

登場人物も同じです。根っこになる部分をしっかり書いていれば、その人間と別の人間がぶつかった時にドラマは自然と生まれてくる。性格も履歴もまったく違うAという人間と、Bという人間がいつ、どこで出会うのか、その出会いによって起きる化学反応こそがドラマなんです。

僕の富良野塾ではまず、生徒それぞれが育ってきた経歴を絵で描くように教えていました。例えば、自分が小学生の頃に住んでいた家の間取りと町の地図を描いてみる。そこには家族との思い出もあれば、学校から遠回りして帰った思い出もあります。なぜ、遠回りしたのか考えると、いじめっ子がいたからとか、好きな子がそこに住んでいたからとかの理由も浮かんできます。

やがて大人になった自分が久しぶりに故郷に帰ったとします。すると、いじめっ子がものすごく立派な人間になっていたり、好きだった子に再会して恋心に火がついたりとか、いろんな想像が湧いてくるのではないでしょうか。

きちんとした履歴書があれば、時間的にも空間的にも膨らんで、ストーリーが勝手に湧き出てきます。もし何も起こらなかったら、それは人物をきちんとつくり込めていないということ。最初につくっておけば、後は楽なんです。

もちろん、人物の履歴を考えることは演じる側にとっても大事です。履歴には、大過去、中過去、近過去があって、「大」は生まれた時から社会に出るくらいまで、「中」は今の境遇をつくった時、そして「近」は現場でカメラの前に立つ直前に何をしていたかです。

例えば、喫茶店のウエイトレスのような小さな役であっても、その人物は昨日から今この瞬間までに何があったのか。恋人から別れの電話があったかもしれないし、早く仕事を終えて恋人と会いたいと思ってそわそわしているかもしれない。その状況によってコーヒーを出すだけの演技でも変わってくると思います。

もちろん、全体のストーリーとはまったく関係ありませんし、そういう近過去は、脚本家ではなく個々の役者が組み立てなくてはなりません。でも日本の役者はほとんどそれをしない。だからインナーボイス、つまり内面の演技が見えてこないのです。

富良野塾はテレビ界への恩返し

1984年に富良野塾をつくったのは、一言でいえばテレビ界への恩返しです。ニューヨークにテリー・シュライバーという演劇学校を経営している演出家がいました。彼が日本で演出した舞台が『奇跡の人』(1992年)。大竹しのぶさんやうちのカミさんも出演していたから僕も稽古を見に行って親しくなりました。

そのテリーが富良野に遊びに来て、「日本の俳優は何%ぐらいが演劇学校に通ってるんだ?」と聞くんです。考えたけど、答えは「ゼロ」。すると、「インクレディブル! (信じられない)」とびっくりされました。

「もしもボクサーが1週間練習を休んだら、筋肉もカンも落ちて取り戻すのが大変だろ。ダンサーだってそう。俳優もそれと同じだよ」と言うんです。僕もニューヨークで彼のスタジオを何度か見学しましたが、知っている顔がたくさんいました。向こうは有名俳優もスタジオに通って訓練しているんです。ダスティン・ホフマンでさえ、つい最近まで通っていたと言っていました。

テリーに言われて、日本のテレビ局は儲かっているのに、役者やシナリオライターを少しも育てていないことをあらためて考えました。テレビ以外のことに手を出したり、不動産を買ったりしているのに、人を育てることにはお金を使わない。テレビ局というよりはテレビ界全体の問題だと思います。

テリーの演劇学校に通っていた老優のことも忘れられません。僕が出会った時は76歳くらいでした。いつもズタ袋を提げて汚い格好をしていた僕の老友です。一緒に飲んだ時、役者になった長い道のりを話してくれました。40代で『セールスマンの死』という芝居を見て、主人公のウィリー・ローマンに感激したのが役者を目指したきっかけだそうです。

ただ、演劇学校に通うお金を貯めるために一生懸命働いていたら、仕事ぶりを認められて社長になって、さらに会長にまでなってしまった。それで60歳で会社を手放して、ようやく念願だったテリーの演劇学校に入ったそうです。

そこから先は、彼がズタ袋からアルバムを取り出して説明してくれました。これまでに自分が出た舞台の写真です。最初は「村人③」とか名前もない役の写真が延々と続いて、そのうちユニオンに入って、ハムレットの墓守などのちょっとした役が付いてきたそうです。

ただ、最後のページは森の中にポツンとある建物の写真でした。「これは何だ？」と聞くと、ニュージャージーにある場末の映画館だと言うんです。それで「この秋、俺はついにここでウィリー・ローマンをやるんだ」って。それを聞いてものすごく感動しました。もう「乾杯！」って。芝居にかける意気込みが日本人とはまったく違うんです。このエピソードは『やすらぎの郷』の中で、冨士眞奈美さんが一人語りで演じるシーンでも使わせていただきました。

オーディションの重要性

シナリオライターなど舞台裏の仕事も日本とアメリカではだいぶ違います。それぞれ細分化されていて、それぞれにプロ中のプロが育っています。日本では、よくシナリオ大賞などで初心者にいきなりオリジナル作品を書かせますが、かなり無理があると思います。ストーリーをつくることと、撮影用台本をつくる脚色はまったく別ものなんです。

僕も最初はオリジナル脚本なんて絶対に書かせてもらえませんでした。まずストーリーライターがあらすじを書いて、シナリオライターは撮影用台本に仕上げるのが仕事。最初の10年くらいは、どんな注文でも受けられる職人になろうと思って歌謡映画やポルノも書きました。鍛えられるまでは、むしろ自分の個性は極力出すまいと思っていました。

アメリカのアカデミー賞にしても、オリジナルで書く脚本賞と脚色賞に分かれていて、脚本賞は格がずっと上です。だから新人がいきなりオリジナル作品で勝負するなんて難しいんです。

その上、日本のテレビドラマは演出家（監督）が編集することが多いのですが、アカデミー賞には編集賞もあって、編集者の地位はすごく高い。監督ではなく、編集の手によって役者を上手にも下手にも見せることができるのです。黒澤明監督は作品評価が高いにもかかわらず、監督としてアメリカで受け入れられなかったのは、編集も自分自身でやることにこだわったからだと言われています。

富良野塾では役者やシナリオライター志望の人にいろいろな授業をしました。授業料はタダですが、塾生たちは自分で生計を立てなくてはならない。そのために夏は農家のヘルパーとして働いていました。畑仕事を夕方6時ぐらいまでやって、さらに初期の塾生は自分たちの家造りまでしていました。一日クタクタになって僕の授業に出るわけです。ほとんど居眠りばかりで僕によく怒鳴られていました。

アメリカでは、こうした若者たちはオーディションを通じてデビューしていくケースがほとんどです。僕が欠かさず見ている『アメリカン・ダンスアイドル』というアメリカのダンス・オーディション番組があります。次々と勝ち抜いていく様子や途中で脱落する場面などをそのまま見せる。ジュニア編なんて、信じられないぐらいうまい子どもが全米から集まってきます。

その後、各地のオーディションで選ばれた１００人程度をラスベガスに連れて行って、１カ月ぐらいプロの振付師を付けて練習させます。それを毎週発表して、審判や視聴者の電話でジャッジをする。10人ぐらいに絞られたところで、さらに難しい振り付けや自分自身と向き合う課題が出されるんです。全部ドキュメンタリーですが、その演出やカメラの撮り方も実に素晴らしい。見ていて泣けることもありますが、日本にはこういうリアリティー番組がほとんどないです。

ずいぶん前ですが、僕は「芝浦倉庫第13号棟」という番組の企画書を書いたことがあります。ドラマのオーディションから始めて、そこから番組にしてしまおうという企画です。

倉庫が建ち並ぶ芝浦で、普段はシーンと静まり返っていますが、金曜の夜になると若者たちが集まってくる。それが13号棟で、中ではオーディションをやっているわけです。僕や演出家、プロデューサーが彼らを審査して、その様子を毎週ドキュメンタリーで放送して勝ち抜いた人がそのままドラマに出演する。視聴者はそれまでをずっと見守っているので、最初からドラマに感情移入できるんです。

1クールが短い最近のドラマでは、感情移入どころか、顔を覚える前に終わってしまうこともあります。もったいないと思います。この企画は実現しませんでしたが、知った顔の俳優ばかり見せられるより、オーディションから成長を見続けていくのも一つの楽しみ方かと思います。

タレントと役者の違い

少し前に、ある売れている女優とそのマネージャーに会った時のことです。「今、何本CM出ているの?」と聞いたら、マネージャーが「9本です」。世の中に業種は13種類くらいあるらしく、「だから残りの4つを制覇しようと思っています」なんて言うから怒鳴ってやりました。マネージャーや事務所がそんな感覚だから、顔は売れても役者として伸びないんです。CMにたくさん出れば儲かるかもしれませんが、僕から見れば、すごくもったいないと思います。

タレントと役者の違い。それは一緒に喫茶店に入ると分かります。タレントは人に見られないように壁に向かって座る。一方、役者は人を見たいから壁を背にして座ります。普通の人の生活を知らないと演じられないので一生懸命、観察するんです。

僕も断然後者です。スーパーに行ったら、主婦がどんなふうに買い物するかをよく見ます。知らないと書けませんから。例えば、久しぶりに帰ってくる亭主のためにすき焼きをつくるとします。絶対にニコニコしながら買い物なんてしません。ネギ1本買うのも真剣。こっちのネギと向こうのネギは何が違うのか手に取って見たり、一旦かごに入れたけど思い返して戻したり……。その真剣さが亭主への愛情の表れなんです。そういうシーンを演じさせて、もしウキウキうれしそうに肉や野菜を選んでいたら、それは現実的じゃない。きっと、うまいすき焼きをつくれない人だろうと思います。

役者も脚本家もそうですが、われわれの仕事は「発信」することだと思われがちですが、実際それは30％程度しかありません。残りの70％は「受信」なんです。普段の生活の中でいかに多くのことを受信できているか。それがものすごく大事です。

乾いたタオルをいくら絞っても水が出ないのと同じで、どれぐらい自分が濡れているかが基本だと思います。一見ふわっと置いてあるようで、持ってみるとしっかりと重くて、絞ればいくらでも水が出てくる。そういう人間が集まれば、いいドラマをつくることができると思うんです。

受信力を鍛えるには、世の中をよく見ることです。見たものすべてを芝居に結びつけて生かすくらいの気持ちがなくてはダメです。それが芝居をどれぐらい愛しているかということでもあり、ものづくりにどれくらい神経を使っているかということではないでしょうか。

受信力の高い役者は仕事以外の時に、オーラを消せているんです。そういう役者はたいがい芝居がうまい。たぶん普段から周囲に紛れ込んで、受信を続けているんです。

僕が塾で重視したのも人を観察する受信力の授業です。例えば2人1組にして、1人が後ろを向いている間にもう1人が服装や髪型などを変える。それで、相手に何が変わったかを答えさせるんです。これは意識するとわかってしまうので突然やらせていました。普段から人をよく見て、何かこの人違うぞ、変わったぞ、という人を見る目を鍛えるんです。それを街中でもやりました。

最近は、スクリプター（記録スタッフ）の中にも、正確さに欠ける人が増えているような気がします。女性の髪の分け目が右左変わっていても、平気でカットをつなげてしまう。演出家やカメラマンもそういう細かいところまで意識しなくなっているように感じます。

原始の日

富良野塾を始めてすぐに感じたのが、同じ20歳前後の若者でも一括りにはできないということでした。お爺さんやお婆さんに育てられた子どもは、躾ができています。加えて昭和10年代、20年代生まれの親に育てられた子はわりとしっかりしていますが、30年代になると明らかに違っていました。

塾生たちには様々な経験をさせましたが、年に一度、「原始の日」というものを設けました。この日は24時間、電気もガスもガソリンも電話も禁止。そして全員に生きたニワトリを1羽ずつ配って、絞め方を教えます。

生き物の命を奪うことは、ものすごく目覚めが悪いものだから、その時は神様に祈りなさいと言いました。どんな神様でもいいし、神様はそういう時のためにいるんだよ、と。女の子なんてシクシク泣きながら頸動脈を切っていました。でも、毛をむしる頃になると、けろりとしていました。

若い人はパックに入った肉片の一部しか知りません。自分で命を奪うのは嫌でも、肉片なら何とも思わない。それは変です。命をいただいた以上は感謝して全部食べるのが務めですし、自然界のルールです。

リスはかわいいが、ネズミは気持ち悪いとか、カモメは良いが、カラスは憎いとか、人間本位の考え方は良くないと思います。海外の捕鯨反対の連中もマグロは良いが、イルカはダメなんて言っていますが、昔は外国こそが鯨油を得るためだけに漁をして肉は捨てていたわけですから、そのほうが失礼です。

「原始の日」を始めたのは『北の国から』がきっかけです。牛のお産シーンは何度か出しましたが、ある時フジテレビに「絞めるシーンもやろう」と提案したんです。でも「殺すシーンは絶対にダメだ!」と怒鳴られました。「抗議の電話でパンクしてしまう」と。みんな牛肉を散々食べているくせにおかしいでしょう。生き物を食うということは命をいただくということです。塾生には、まずそこを考えてもらい、実際に体験してほしいと思いました。そういう体験は必ず芝居や脚本にも生きて来るんです。

富良野塾は2010年まで続けました。卒業生は375人。みんなテレビの世界を嘱望していますが、なかなか使ってもらうチャンスはありません。ただ、それ以上に、やはり本人たちの修行がまだまだ足りないと思っています。

塾出身者らでつくる劇団「富良野GROUP」に残った生徒の中には、ようやく実力がついて来た者も何人かいます。活躍しているライターも何人か出てきました。テレビ界への恩返しと言えるかどうかはわかりませんが、少しずつ貢献はできているのではないでしょうか。

「このハゲー！」はなぜ面白かったか

芝居は、セリフを話している人間より、聞いている人間を見る方が絶対に面白いと思います。言葉がその人にどう響いているのかがわかりますから。

実際、セリフを言う芝居をするより、聞く芝居をする方が難しいんです。だから僕は、脚本のト書きに「聞いている○○の顔」と書くことが多いのですが、その意図を汲んでくれず、話している人間ばかり撮ってしまう演出家も少なくない。話している人はセリフがあるので当然わかりやすくはなりますが、セリフのない「聞いている顔」で何を表現し、何を視聴者に想像させるかが役者の腕の見せ所だと思いますし、それがドラマの面白さと言えるのではないでしょうか。

よくバラエティー番組でCM明けに、前にやったことを繰り返して見せるカットがあります。あれはしつこくて腹が立ちますが、ドラマも繰り返しの説明や視聴者の想像を奪うような演出が非常に目に付きます。親切のつもりかもしれませんが、逆効果ではないでしょうか。残念ながら今、テレビの楽しみ方をつくり手自身が知らないのではないかという気がすごくしています。

例えば、野球選手の安打達成記録の中継が面白いのは、打つことが事前にわからないからです。もし中継ディレクターが事前に知っていたら、ものすごく凝って選手を撮ってみたり、ＢＧＭに「運命」なんか流したりしてしまうかもしれない。それでは興ざめです。

ドラマも同じで、今のつくり方はとにかくカット割りありきです。撮影したカット素材が集まって一つのシーンになるんですが、説明的なカットが多くて、大事なシーンで見る側が想像したり、余韻を味わったりする余地がなくなってしまうように思います。

僕はドラマの演出を2班体制にしたらどうかと思っています。第1演出班は役者の演技を中心とした撮影に専念する。第2演出班はそれをひたすら中継的に撮影する。そうしてできあがった2つの映像を、専任の編集者が編集する。分けることで、もっと自然で面白いものができる気がします。

そう言えば少し前に、衆議院議員だった豊田真由子氏の「このハゲー！」という暴言がテレビで繰り返し取り上げられました。なぜあんなに社会現象になったのか。それは、音声だけだったからです。あれを聞いて、みんなが状況を想像したんですね。秘書の「すみません、すみません。今運転中ですから……」という声がかすかに聞こえたり、「ボコッ」という音が入っていたりすると、ものすごく想像をかき立てられてしまいます。

あれは完全にラジオドラマの世界です。それがテレビドラマ全盛の今の時代には新しく感じたし、あの秘書さん本人には悪いですが単純に面白かったんです。

うちの生徒たちに「この秘書はどんな人だと思う？」と聞いてみると、イメージする人物像は見事にバラバラでした。中には、まったくハゲていないのに「ハゲー」と言われているだけではないかと分析する者もいました。そうやって、見る側をいろいろと想像させられるのが本来のドラマの武器なんです。

ただ、今のドラマはわかりやす過ぎて、お客さんがいろいろと想像して楽しむ余地がありません。逆にそういうものを満足して見ているんだとすれば、それはお客さんの質もずいぶん落ちているのではないかと思ってしまいます。

「作る」ではなく「創る」

知識とお金を使って前例に基づいてつくるものを「作る」。知識もお金もないけれど、知恵を使って前例にないものを生み出すのが「創る」。同じ「つくる」でもこの二つは全然違います。『北の国から』を含めて、テレビ初期の頃のドラマは「創る」が断然多かったです。僕はドラマは「創る」でないとダメだと思っています。

まだドラマが生放送だった頃、ＴＢＳが無謀な試みをしました。四角いテーブルを囲んで会話している４人の顔を正面から撮ってはどうかという挑戦です。ただ、どうしても俳優の後ろにあるカメラが映り込んでしまう。そこで考え出したのが、部屋の壁４面に絵を掛けて、その後ろにカメラを隠し、スイッチングの指示でＡＤが絵を上げ下げして撮影する方法です。

今考えると笑ってしまいますが、本当に実行したんです。タイミングを合わせるリハーサルを何日もやって。結局、本番はほとんど失敗に終わったらしいのですが、それは立派な「創る」です。なぜなら、そんなことを考えるのも実行してしまうのもワクワクして面白いじゃないですか。以前は、「創っている」ことが感じられるドラマがたくさんあったんです。

TBSの「日曜劇場」は、かつて東芝の1社提供の単発ドラマ枠で、地方局にはとてもいいシステムでした。キー局のTBS以外に、系列のMBS（毎日放送／大阪）、CBC（中部日本放送／名古屋）、HBC（北海道放送）、RKB（RKB毎日放送／福岡）にも制作の振り分けがあったんです。地方局は自分のところに担当が回ってくるとすごく張り切るわけです。

今の「日曜劇場」は連続ドラマになってそのシステムがなくなり、地方局はやる気を失ってしまいました。その結果、ドラマをつくれる人間も次第にいなくなってしまった。意欲を持った人はいても、スタッフが揃っていないと難しいんです。キー局の連ドラ枠は今もたくさんあるわけですから、ああいうシステムこそもっと評価されてほしかったと思います。

僕も「日曜劇場」は『うちのホンカン』シリーズなどHBCで19本、CBCやRKBでも何本か書きました。八千草薫さんと池部良さんが出演した『遠い絵本』

（1979年）では、地方局のHBCとしては初めてアラスカで海外ロケまでやったんです。

昔は、『水戸黄門』の「ナショナル劇場」や「花王 愛の劇場」など1社提供のドラマも結構ありました。1時間のドラマをつくるのに何千万円もかかるため、企業もスポンサーになるのはなかなか難しいのかもしれません。短くてもよいので地方局でもドラマをつくれるチャンスがあれば、現場の士気も上がるのではないでしょうか。

かつて、深夜の『11PM』（1965～90年／日本テレビ）に『プレイハウス'5』という5分間の単発ドラマ枠があって、レギュラーで書いていたことがあります。ショートショートのSFで、例えば30分前のことが映し出される鏡の話。亭主が家に帰ってくると、目の前に普段通りの女房がいる。でも、鏡を見ると30分前のことが映し出されているので浮気している姿が見えてしまう。短い時間の中で起承転結を入れなければならないので、若い作家には非常に勉強になりました。

ニッポン放送時代には、サントリーのCMを連続ラジオドラマとしてつくったこともあります。月曜から金曜まで夕方6時55分から1分間のスポット枠。新しいものを生み出すというパワーはやはり創成期のほうが大きかったのではないでしょうか。

視聴率至上主義の果てに

2018年12月から、テレビの4K、8K放送が始まりました。画素数がずいぶん増えて、今までよりきれいな映像が見られるらしいです。ただ、4K、8Kになっても『水戸黄門』の中身は変わりません。いったいどれほどの視聴者が画素数で番組を見るというのでしょう。せいぜい家電業界や、関連するシステムやサービスを提供する会社が潤うだけです。つまり刺激を与えて景気を向上させようという国策です。その結果、今まで使っていた受像機やいろんな機器が捨てられる。何万トンという廃棄物が出ることをどう考えているのか、僕には、はなはだ疑問です。

先日、NHKの『ラジオ深夜便』のゲストに呼ばれた時に、この件について触れようとしたら、「その話題は勘弁してくれ」と止められました。悔しかったので経済誌に書きましたけど。

国はテレビのハード面にばかり力を入れて、ソフト面をないがしろにし過ぎたと思います。俳優や演出家の質を上げることにいくら金をかけても、直接的な経済効果に結びつかないからでしょう。だから、テレビをテレビ文化として真剣に育てようという意識がない。

そもそも、僕はテレビの視聴率調査にずっと反発しています。特に視聴率に対するテレビ局の考え方、番組のつくり方です。

ゴールデンタイムにテレビを見る習慣が崩れた今も、テレビ局はゴールデン信仰が強い。ターゲットもF1、F2層（20～40代女性）のままです。20％取る番組がNHKの朝ドラくらいしかないことでもわかるように、テレビを見る時間帯も視聴者の意識も変わってきています。

そもそもビデオ録画やインターネット配信で見る人が増えているにもかかわらず、重視しているのはいつまでたってもリアルタイムの視聴率です。録画だとCMをスキップされてスポンサーに旨味がないからです。

ということは、つまりCM視聴率調査なんです。その数字に踊らされて番組をつくらされ、キャスティングを決められ、それで中身が良いだの悪いだの言われることは非常に理不尽です。番組の質がどんどん落ちて当然です。

テレビ局の人たちはなぜ抵抗しないのか。最近はリアルタイム以外の視聴も含めたタイムシフト視聴率も取るようになりましたが、そういう数字はなかなか表に出てきません。

僕は録画機能が家庭に普及してきた時に、これまでの平面的な視聴率に奥行きが加わって、「面」ではない「容積」の視聴率が出てくるのではないかと期待したんです。録画してまで見たいドラマなら、プラス1ではなく、掛ける1・5でもいい。ましてやそれが永久保存したいと思える作品なら、掛ける5にもなるのではないかと期待しましたが、無駄でした。

今の世の中は、良いか悪いかよりも、面倒臭くないかどうかで判断することが多いような気がします。仮に視聴率が悪かったとしたら、なぜ悪かったのか、を上司やスポンサーに説明しなくてはならない。その煩わしさを考えれば、あえて今の方式に異議を唱えるよりも、無難に視聴率が取れる番組をつくったほうがましというわけです。

ドラマのキャスティングもそうです。作品にのめり込むタイプの役者は、局の人間からは「付き合うのが面倒」とか「扱いづらい」と思われているのではないでしょうか。僕自身も同じような理由で拒否されていると思いますが、逆にそういう扱いづらい人と仕事をすると楽しくて仕方がないですけどね。

例えば、ジャック・ニコルソンとかロバート・デ・ニーロ、アンソニー・ホプキンスなんて相当に扱いにくいと思います。しかし、そういうアクの強い役者をうまく扱えるスタッフがいて、初めて良い作品ができると思います。面倒なことも込みで受け入れる覚悟と、相手に敬意を持って向き合えるかどうかです。

日本のテレビ局が俳優を選ぶ基準は、その時に売れているかどうか、です。僕が局に「この役で誰かいい子いない？」と聞いても、帰ってくる答えは既成の俳優ばかりです。「今、この子が売れてます」とか「数字持ってます」とか。でも顔写真を見ると、使う意欲が沸いてこないんです。

インターネットなどに押されてテレビ局の広告収入が減って大変だとも言われています。しかし、テレビという媒体が生き残っていくためには今の視聴率至上主義から脱却しなければ先はないと思います。いっそ国や第三者機関が視聴率を調査したほうがいいのではないでしょうか。広告代理店の主導で、ＣＭを入れ込んだものを素材にして視聴率を計って、その結果で何十億ものお金が今日も当たり前のように動いている。異常なことが、もうずっと続いています。

東京を離れて北海道で、ひとり原稿を書いていると、そういうことがものすごく見えてくるんです。

本書は、産経新聞出版発行の「おとなのデジタルＴＶナビ」連載「倉本聰のＴＶの国から」（２０１５年８月号〜19年８月号）を大幅に加筆、再構成したものです。

倉本聰の主な作品

＊は共同脚本

放送年	年齢	放送期間（映画は公開月）	放送回数	タイトル	放送局（制作局） 映画は監督	主演
1960（昭和35）	25	1月～62年4月	全172話＊	『パパ起きてちょうだい』	日本テレビ	市村俊幸
1963	28	4月～9月	全20話＊	『ぼうや』	日本テレビ	坂本九
1967	32	4月～68年10月	全74話＊	『文五捕物絵図』	NHK	杉良太郎
1970	35	2月～4月	全8話	『わが青春のとき』	日本テレビ	石坂浩二
		8月～10月	全8話	『君は海を見たか』	日本テレビ	平幹二朗
1971	36	1月～3月	全13話＊	『2丁目3番地』	日本テレビ	石坂浩二・浅丘ルリ子
		5月公開		映画『君は海を見たか』	井上芳夫監督	天知茂
		9月	全1話	『おりょう』	TBS（CBC）	八千草薫
1972	37	1月	全1話	『風船のあがる時』	TBS（北海道放送）	フランキー堺
		1月～4月	全14話＊	『3丁目4番地』	日本テレビ	浅丘ルリ子
		4月	全1話	『平戸にて』	TBS（RKB毎日放送）	八千草薫
		4月～5月	全5話	『氷壁』	NHK	原田芳雄・司葉子
		10月～73年9月	全49話＊	『赤ひげ』	NHK	小林桂樹
		11月	全1話	『ぜんまい仕掛けの柱時計』	NHK	佐野周二
1973	38	2月～3月	全7話＊	『ガラス細工の家』	日本テレビ	岸田今日子
		3月	全1話	『祇園花見小路』	TBS（CBC）	奈良岡朋子
		7月～10月	全14話＊	『白い影』	TBS	田宮二郎

		9月	全1話	**『ばんえい』**	TBS(北海道放送)	小林桂樹・八千草薫
		10月〜74年9月	全50話＊	**『ぶらり信兵衛 道場破り』**	フジテレビ	高橋英樹
		12月	全1話	**『聖夜』**	TBS(北海道放送)	小倉一郎
1974	39	1月〜12月	全52話＊	**『勝海舟』**	NHK	渡哲也／松方弘樹
		9月	全1話	**『りんりんと』**	TBS(北海道放送)	田中絹代・渡瀬恒彦
		10月〜75年3月	全26話	**『6羽のかもめ』**	フジテレビ	淡島千景
1975	40	2月	全1話	**『ああ！新世界』**	TBS(北海道放送)	フランキー堺
		5月	全1話	**『うちのホンカン』**	TBS(北海道放送)	大滝秀治・八千草薫
		7月〜9月	全10話	**『あなただけ今晩は』**	フジテレビ	若尾文子
		10月	全1話	**『ホンカンがんばる』**	TBS(北海道放送)	大滝秀治・八千草薫
		10月〜76年4月	全26話＊	**『前略おふくろ様』**	日本テレビ	萩原健一
1976	41	1月〜8月	全31話＊	**『大都会—闘いの日々—』**	日本テレビ	渡哲也
		2月	全1話	**『幻の町』**	TBS(北海道放送)	笠智衆・田中絹代
		7月	全1話	**『嘆きのホンカン』**	TBS(北海道放送)	大滝秀治・八千草薫
		10月〜77年4月	全24話＊	**『前略おふくろ様II』**	日本テレビ	萩原健一
1977	42	3月	全1話	**『冬のホンカン』**	TBS(北海道放送)	大滝秀治・八千草薫
		10月〜12月	全13話	**『あにき』**	TBS	高倉健
1978	43	4月〜9月	全20話	**『浮浪雲』**	テレビ朝日	渡哲也
		6月公開		**映画『冬の華』**	降旗康男監督	高倉健
		11月公開		**映画『ブルークリスマス』**	岡本喜八監督	勝野洋

1979（昭和54）	44	1月〜4月	全13話	**『たとえば、愛』**	TBS	大原麗子
		8月	全2話	**『遠い絵本』**	TBS（北海道放送）	八千草薫・池部良
1981	46	3月	全1話	**『ホンカン雪の陣』**	TBS（北海道放送）	大滝秀治・八千草薫
		10月〜82年3月	全24話	**『北の国から』**	フジテレビ	田中邦衛
		11月公開		**映画『駅 STATION』**	降旗康男監督	高倉健
		12月	全1話	**『ホンカン仰天す』**	TBS（北海道放送）	大滝秀治・八千草薫
1982	47	10月〜12月	全11話	**『君は海を見たか』**	フジテレビ	萩原健一
1983	48	3月	全1話	**『北の国から'83冬』**	フジテレビ	田中邦衛
		11月	全1話	**『波の盆』**	日本テレビ	笠智衆
1984	49	3月〜6月	全13話	**『昨日、悲別で』**	日本テレビ	天宮良
		9月	全1話	**『北の国から'84夏』**	フジテレビ	田中邦衛
		12月	全1話	**『遅れてきたサンタ』**	TBS（北海道放送）	いしだあゆみ
1986	51	4月〜6月	全13話	**『ライスカレー』**	フジテレビ	時任三郎
		10月公開		**映画『時計 Adieu l'Hiver』**	倉本聰監督	いしだあゆみ
1987	52	3月	全1話	**『北の国から'87初恋』**	フジテレビ	田中邦衛
1988	53	5月公開		**映画『海へ 〜See you〜』**	蔵原惟繕監督	高倉健
1989（平成元）	54	3月	全1話	**『北の国から'89帰郷』**	フジテレビ	田中邦衛
1990	55	1月	全4話	**『川は泣いている』**	テレビ朝日	いしだあゆみ
		3月	全1話	**『失われた時の流れを』**	フジテレビ	中井貴一・緒方拳

1992	57	5月	前・後編	『北の国から'92巣立ち』	フジテレビ	田中邦衛
1995	60	6月	全1話	『北の国から'95秘密』	フジテレビ	田中邦衛
1997	62	11月	全1話	『町』	フジテレビ	杉浦直樹
1998	63	7月	全2話	『北の国から'98時代』	フジテレビ	田中邦衛
1999	64	2月	全1話	『もう呼ぶな、海！』	日本テレビ（札幌テレビ）	大沢たかお
		11月	全3話	『玩具の神様』	NHK	舘ひろし
2002	67	9月	前・後編	『北の国から 2002遺言』	フジテレビ	田中邦衛
2005	70	1月〜3月	全11話	『優しい時間』	フジテレビ	寺尾聰・二宮和也
		9月	全1話	『祇園囃子』	テレビ朝日	渡哲也
2007	72	1月〜3月	全11話	『拝啓、父上様』	フジテレビ	二宮和也
2008	73	10月〜12月	全11話	『風のガーデン』	フジテレビ	中井貴一
2010	75	8月	全1話	『歸國』	TBS	ビートたけし
2012	77	1月	全1話	『學』	WOWOW	仲代達矢
2014	79	7月	全1話	『おやじの背中 なごり雪』	TBS	西田敏行
2017	82	4月〜9月	全129話	『やすらぎの郷』	テレビ朝日	石坂浩二
2019（令和元）	84	4月〜20年3月	全235話	『やすらぎの刻〜道』	テレビ朝日	石坂浩二

倉本 聰（くらもと・そう）

1935（昭和10）年、東京都生まれ。脚本家・劇作家・演出家。東京大学文学部美学科卒。63年、ニッポン放送退社後、脚本家として独立。77年、富良野に移住。代表作に『北の国から』『前略おふくろ様』『昨日、悲別で』『やすらぎの郷』など多数。著書に「ヒトに問う」（双葉社）、「昭和からの遺言」（双葉社）、「『北の国から』異聞 黒板五郎 独占インタビュー!」（講談社）、「ドラマへの遺言」（共著、新潮新書）など多数。

テレビの国から

令和元年8月1日　第1刷発行

著　　者　倉本　聰
発 行 者　皆川豪志
発 行 所　株式会社産経新聞出版
〒100-8077 東京都千代田区大手町1-7-2 産経新聞社8階
電話　03-3242-9930　FAX　03-3243-0573
発　　売　日本工業新聞社
電話　03-3243-0571（書籍営業）
印刷・製本　株式会社シナノ
電話　03-5911-3355

ISBN978-4-8191-1370-0　C0095
